LES NOUVELLES ENQUÊTES DE

NESTOR BURMA

LES LOUPS DE BELLEVILLE

PARIS XXᵉᵐᵉ

*Collection créée par Nathalie Carpentier
Dirigée par Jérôme Leroy*

Serguei Dounovetz

Les Nouvelles Enquêtes de Nestor Burma

Les Loups de Belleville
Paris XXème

© French Pulp éditions, 2018
49, Rue du Moulin de la Pointe
75013 Paris
Tél. : 09.86.09.73.80
Contact : contact@frenchpulpeditions.fr
www.frenchpulpeditions.fr
Direction : Nathalie Carpentier

ISBN : 979-1-0251-0306-7
ISSN : 2551-5152
Dépôt légal : janvier 2018
Couverture : © Louise Gatepaille

Le Code de la propriété intellectuelle et artistique interdit toute copie ou reproduction destinée à une utilisation collective. Toute représentation ou reproduction, par quelque procédé que ce soit, constituerait une contrefaçon sanctionnée par les articles L. 335-2 et suivants du Code de la propriété intellectuelle.

*En hommage à
Léo Malet et Jean-Marie Carpentier.*

Préface

Avis à la population, Nestor Burma reprend du service ! Et il reprend du service aujourd'hui, dans le Paris des années 2010-20 ! Si ça se trouve, vous l'avez croisé ce matin dans le métro ou à la terrasse d'un bistrot. Il est pas mal de sa personne, la quarantaine rugissante, toujours gouailleur, toujours anar, toujours sexy, toujours amateur de castagne, aux aguets dans une ville en pleine mutation.

Nestor Burma va mener des enquêtes qui vont vous dire beaucoup sur l'époque qui est la vôtre. Comme tous les héros populaires, rien de ce qui est humain ne lui est étranger, à notre Nestor. Il a son propre code moral, alors il lui arrive parfois de prendre des raccourcis avec la loi. À condition que ce soit pour la bonne cause.

Si vous voulez prendre rendez-vous, vous le trouverez rue des Petits-Champs, à l'agence Fiatlux.com où vous serez accueilli par sa secrétaire Kardiatou Châtelain, une charmante jeune femme qui a de la cervelle et des diplômes. Vous croiserez peut-être aussi Mansour. Son truc, à lui, c'est plutôt l'informatique, la traque sur les réseaux sociaux, le piratage de données. Pourtant, il n'a pas un physique de geek, ce beau gosse de Bondy, toujours prêt à monter au feu avec Nestor.

Une enquête par arrondissement, vous allez obligatoirement finir par vous rencontrer avec Burma. D'ailleurs, il est à l'aise partout : chez les bobos, les prolos, les aristos. Dans les coins louches et dans les beaux quartiers. Et ce n'est pas ceux qu'on pourrait croire qui sont les plus dangereux.

Avec la police, c'est forcément un peu plus compliqué. Burma et les forces de l'ordre, ça fait deux. Et parfois, il y a de la friture sur la ligne des smartphones. Pour plus ample renseignement sur la question, vous pouvez toujours demander à la commissaire Stéphanie Faroux, la grande patronne du 36, ce qu'elle en pense, de Nestor Burma.

Mais bon, le plus simple, c'est encore que vous vous fassiez une idée par vous-même. Grâce à Nestor Burma, vous verrez Paris comme vous ne l'avez jamais vu : vous connaîtrez ses mystères, sa part d'ombre, sa violence mais aussi sa manière de ne jamais baisser les bras. Il suffit juste de suivre le guide.

Et pour ça, demandez Nestor Burma, détective de choc !

JÉRÔME LEROY

1

Niki Java perd la chaise

Une brise légère soufflait sur le cimetière du Père-Lachaise. Depuis deux semaines, la canicule s'était abattue sur Paname, et mon P14-45 Para-Ordnance n'avait pas la puissance de feu pour contrer cette offensive. Les nuits étaient chaudes comme de la braise, étouffantes et sèches. Elles vous coupaient les pattes, le souffle et les extensions, telles des amazones en quête de morceaux de choix. C'est pourquoi, aussi légère soit-elle, je reçus cette brise comme le baiser mouillé d'une rouquine pour qui j'avais le béguin, rue Alexandre-Dumas, prémices d'un orage d'été qui nettoierait la ville.

J'écrasai mon clope et me penchai devant la tombe. J'ouvris le sac en papier et versai les cerises dans une coupe ébréchée. J'en avais gardé une poignée pour sa pomme, un rite qui venait de loin. J'en mangeai une dernière, pour communier, tout en fixant le médaillon représentant le profil de Jean-Baptiste Clément. Chapeau noir, écharpe rouge, le bonhomme avait une bonne tête. Je n'étais pourtant pas venu pour lui, mais pour un autre ami. Seulement, chez le fleuriste, les roses étaient vraiment moches et j'étais reparti bredouille, en quête d'une rose digne de ce nom. C'était en passant devant l'étal d'une épicerie arabe, regorgeant de cerises juteuses, que ce geste séculaire m'était revenu. L'épicier m'avait proposé de les goûter, j'en avais acheté une livre. Et pour faire bon poids, bonne mesure, j'avais becqueté la moitié et versé les dernières griottes dans la coupe ébréchée. Tout cela me semblait cohérent : à ma connaissance, Jean-Baptiste Clément était l'auteur de la chanson *Le Temps des cerises*, pas de *Mon amie la rose*.

Comme de nombreux quidams, j'appréciais déambuler au Père-Lachaise, bien que, sur ce coup, je sois convoqué par le père François. Le lieu n'avait aucune connotation morbide : ce n'était pas un cimetière comme les autres, mais une sorte de musée à ciel ouvert où étaient enterrées quantité de personnalités qui avaient marqué la vie publique des deux derniers siècles. Les sépultures avaient du style. Certaines étaient originales, parfois massives, de véritables monuments flanqués de colonnes et de statues ferraillant pour la postérité. C'était comme se promener dans une ville de lilliputiens, avec ses rues pavées, ses carrefours, ses minuscules villas de style gothique, son immense parc, ses arbres et ses jardins du souvenir. J'aimais me perdre dans les dédales du cimetière, arrêter le temps, converser avec les morts. Il m'arrivait de m'asseoir sur un banc pour lire des poèmes de Prévert, Maïakovski, Neruda, Bukowski, réfléchissant sur la signification de se saigner toute une vie afin de se payer un caveau en marbre dont on ne profiterait jamais. Le Père-Lachaise se méritait. C'était le dernier salon où l'on causait avec de grands esprits, à voix basse, armé d'un silencieux, l'endroit rêvé pour siroter la fée verte, le rhum arrangé, le cul posé sur la dalle froide à compter les étoiles. Comme disait mon pote Niki Java avant de passer l'arme à gauche : « Tu connais beaucoup d'endroits où Molière et Jim Morrison tapent le bœuf ensemble ? »

Niki, vieille branche, c'était pour lui que j'étais là en ce début de matinée de canicule, parmi les morts et ceux en sursis. Java, mon ami d'enfance, trente-neuf années au compteur et le moteur qui avait calé, comme celui de Vernon Sullivan. *Les morts ont tous la même peau,* ce qui n'empêche que *la vie est dégueulasse.* Je crachai le noyau de cerise que je suçai et empruntai le chemin des Anglais, vers la 91e division, afin de rejoindre l'attroupement derrière la Merco noire. C'était un enterrement de première bourre, payé par le journal qui employait le défunt. En effet, avant d'oublier de respirer, Niki Java était journaliste spécialisé dans les faits divers au sein d'un grand quotidien de la capitale. Petit reporter, mais grand amateur de boisson anisée coupée à la menthe, il laissait derrière lui une myriade de perroquets orphelins. Devant le trou, au fond duquel mon pote comptait les moutons dans un costard tout neuf en chêne massif à poignées argentées, les participants se faisaient suer à mourir, écoutant distraitement les âneries du prêtre, pas même ouvrier, un comble pour l'enterrement d'un libertaire. Dans le troupeau, je repérai quelques tronches que je connaissais de vue, de nombreux flics aussi. Une faune bigarrée, composée d'un vaste échantillon du monde de la nuit parisienne interlope : lopes, demi-mondaines, travelos, patrons de bars louches, flibustiers, cailleras de luxe, dealers mais pas trop fort, demi-sel, footballeurs en rupture de banc, ainsi qu'une ex-gloire de la téléréalité spécialisée dans les reprises ratées avec son caniche royal nommé Haschtag. Je repérai la commissaire Stéphanie Faroux, fille de feu commissaire Florimond Faroux. Jadis aimablement désirable, Stéphanie avait pris du poids et des rides. Mais demain serait un autre jour, une bonne nuit d'amour était le meilleur des liftings. Elle m'apostropha :

— Bonjour, Burma. Votre présence serait-elle professionnelle ?

Je restai aimable – ne jamais pactiser avec la flicaille, mais ne pas se la mettre à dos pour éviter le lumbago, tel était mon credo.

— Je viens juste border mon ami avant le grand sommeil, madame la commissaire.

— Commissaire tout court, ça ira.

— Commissaire Tout-Court-Ça-Ira, ça fait un peu aristo, mais si vous y tenez.

— Nestor, ne commencez pas à faire le malin. J'ai toujours pensé que mon père avait beaucoup trop d'indulgence à votre égard.

Je dégageai en touche, je n'aimais pas remuer le passé.

— Et vous, commissaire, je suis étonné de vous trouver là. Je doute que ce soit pour Niki. C'est donc pour le service ?

— Vous faites référence à quel genre de service, Burma ? Mon service à thé ?

L'humour de poulet était depuis toujours très bas de gamme, mais avec la nouvelle génération, nous étions en passe de toucher le fion. Je souris à la fille, à la mémoire du père.

— Commissaire, Niki Java est mort de quoi, au juste ?

J'avais posé la question abruptement, mais sur ce ton un chouïa naïf qui était l'une de mes marques, alors que je connaissais la réponse. Cela, pour faire croire à la fonctionnaire que j'accordais de l'importance à son statut, ne souhaitant pas rester sur une mauvaise note avec la police.

Elle répondit laconiquement :

— Le cœur. J'aurais pourtant parié sur le foie.

Sur ce, n'ayant rien à apprendre de la concurrence, je saluai d'un hochement de tête la patronne de la maison poulaga et me dirigeai vers Manon, la dernière perruche apprivoisée par Java, le dompteur de perroquets. Elle était belle comme un cœur avec ses cheveux coupés à la garçonne, dans sa petite robe bleue trop courte pour un cimetière et trop boutonnée pour un cinq à sept. Cachée derrière des lunettes de starlette, elle paraissait sincèrement affectée, vu que mon ami ne lui léguait que ses dettes. Je balançai un peu de terre sur le cercueil et embrassai la belle à la commissure des lèvres.

— Nestor, les gens nous regardent, chuchota la régulière de mon pote.

Pour donner le change, je lui tendis ma carte professionnelle en vantant ma qualité :

— Si vous avez besoin d'un service, d'un vice, d'un plein de réconfort, vous appelez Nestor Burma, détective de choc à l'agence Fiat Lux.com.

— Niki servait la même sauce, vous avez vu où ça l'a mené ? fit-elle en fixant son regard embué sur le bristol.

— Il mettait beaucoup trop de pastis dans sa sauce. À bientôt, mon chou.

Sur ces entrechats, j'abandonnai la souris et m'approchai des autres noctambules égarés, quand des cris retentirent, suivis d'un mouvement obligeant les figurants à s'écarter. Une femme apparut dans un ensemble gris au tailleur très ajusté. Les cheveux en chignon, des lunettes cerclées de fer, elle vociférait.

— Remontez ce cercueil ! Je suis la sœur du défunt et j'exige que soit pratiquée une autopsie sur le corps de mon frère !

Elle avait un accent qui venait d'ailleurs et pas froid aux yeux, ce qui aurait été une ineptie en regard de la température ambiante. La commissaire Faroux, dubitative, se fraya un passage en brandissant sa carte tricolore.

— Commissaire Faroux, de la PJ. Madame, dans un premier temps, je vous demanderai de vous calmer afin de ne pas troubler la cérémonie. Dans un second temps, je souhaiterais voir vos papiers afin de vérifier si le défunt est légitimement votre frère. Ensuite, seulement, vous pourrez m'exposer votre requête. Veuillez me suivre à l'écart du cortège, s'il vous plaît.

La frangine semblait ne pas l'entendre de cette oreille ni de l'autre.

— Mes papiers ? Hors de question ! Je veux juste qu'on fasse une autopsie sur le corps de mon frère. Vous dites que vous êtes de la police ? Alors, je vais vous donner un bon tuyau. Et si, avec ça, vous n'obtenez pas d'avancement, alors il faudra envisager de changer de métier. Mon frère n'est pas mort d'une crise cardiaque comme le prétend le certificat de décès. Il a été empoisonné ! Absolument, et je pèse mes mots. Il a été empoisonné avec un produit indétectable, le même poison que les agents du FSB, l'ancien KGB, utilisent pour supprimer leurs opposants, les journalistes notamment. Surtout quand ils ont des révélations explosives à livrer aux médias. Le genre de scoop qui peut faire sauter un gouvernement. Je sais de quoi je parle, je peux le prouver !

La commissaire Faroux plissait les yeux. Sans doute considérait-elle que la femme au tailleur gris n'avait pas suffisamment pesé ses mots ou que son tuyau était crevé. Quant à un avancement, ce n'était pas à l'ordre du jour. Elle était la boss du 36 quai des Orfèvres, et ça représentait déjà un paquet d'emmerdements. Prendre du galon pour devenir quoi ? Préfète, et gérer à la petite semaine des manifestations d'agriculteurs qui balancent leur purin sur le pavé, de routiers qui bloquent le pays avec leurs gros culs, de matons en sous-effectifs qui menacent de lâcher les fauves, des pompiers caillassés par la racaille, et même des flics qui sous-entendent regretter Vichy ! Sans parler des casseurs ! Il fallait vraiment avoir la fibre du serviteur de l'État chevillée au corps pour accepter un tel poste. Stéphanie Faroux était une femme de terrain, elle aimait son métier et ses gars, qui le lui rendaient bien. Il ne fallait donc pas la faire braire avec des histoires d'avancement qui n'avançaient à rien.

— Madame, je vous demande de vous calmer et de me présenter vos papiers d'identité.

— Mais vous êtes bouchée ou quoi ? Je vous dis que mon frère a été empoisonné ! Je possède les preuves !

— Vos papiers ! Sinon, je vous fais embarquer *manu militari* !

— Quoi ? Comme si j'étais une vulgaire délinquante ! Vous savez ce que j'en fais, moi, de vos papiers ?

La commissaire ne voulait pas savoir ce que la folle voulait faire de ses papiers, cela ne l'intéressait en rien. Et, abandonnant brusquement sa fausse bonhomie, la flic montra son vrai visage en se tournant vers son adjoint, l'inspecteur Molasse. Cela aurait pu être Pugnace, mais c'était Molasse. On ne choisit pas sa famille et encore moins son blaze, c'est pour ça que les amis sont sacrés et les petits noms, souvent décoratifs.

— Molasse, tu appelles le poste, qu'ils envoient tout de suite une voiture.

Et voilà, la sœur de Niki – dont j'ignorais jusqu'à ce jour l'existence – avait gagné. Avec ses simagrées, elle avait fini par courir sur le haricot de Stéphanie. Et le haricot de la commissaire semblait être très sensible.

— Molasse, qu'est-ce que tu attends ? On l'embarque, je te dis !

La sœur de mon ami journaliste précocement refroidi sursauta :

— Comment ça, vous m'embarquez ? Je viens vous signaler un meurtre, et c'est tout ce que vous me proposez : me passer les pinces ? Mais c'est pas possible, je suis tombée sur des baltringues. Vous avez couché avec un ministre pour décrocher votre diplôme ou quoi !

Pour une étrangère, elle connaissait bien les mœurs de la République. La commissaire Faroux piqua un fard. J'aurais juré, à cet instant, qu'elle me regardait, mais elle tourna vivement la tête vers l'hystérique.

— Madame, vous avez dépassé les bornes. Quarante-huit heures de garde à vue vous ramèneront à de meilleurs sentiments envers des femmes et des hommes qui risquent tous les jours leur vie pour des branquignols de votre espèce. Molasse, les menottes !

— Et mon cul, c'est du poulet ? fit la frangine en se débinant.

Je reconnus là l'humour un peu potache de mon pote Niki Java, bon sang ne saurait mentir. Sa sœur se faisait la belle, son tailleur remonté sur les hanches, en sautant par-dessus les tombes.

— Molasse ! Elle se tire.

— Je vois bien, patronne, mais j'suis pas un coureur de haies, non plus.

Médusé, je m'éloignai. J'en avais assez vu et entendu pour savoir ce qui me restait à faire. La sœur de Java ne pouvait pas balancer de telles accusations sans fondement, qu'elle n'hésitait d'ailleurs pas à montrer dans la foulée en sautant les obstacles. Surtout quand on connaissait les propensions de Niki à se retrouver dans les pires embrouilles. Et la commissaire Faroux ne s'était pas pointée à cette cérémonie par hasard ; elle avait d'autres chats à fouetter que la dépouille d'un dompteur de perroquets. Enfin, si mon pote Niki Java s'était vraiment fait repasser, le minimum anarcho-syndical était que je venge sa mémoire.

Je quittai le cimetière groggy, réalisant enfin pleinement la disparition de mon ami journaliste. L'idée de ne plus jamais revoir sa bouille me fit broyer du noir, j'en avais gros sur la patate. À l'angle de la 92e et 95e division, juste devant la tombe du dessinateur Tignous, qui s'était fait descendre froidement par les pires des raclures que ce monde en perdition avait eu l'idée d'engendrer, je croisai Molasse, qui revenait bredouille.

— Alors ? lui demandai-je sans malice.

Mais les flics me voyaient toujours plus malicieux que je ne l'étais.

— Alors, quoi ? Pourquoi tu ne m'as pas aidé à l'attraper, Burma ?

— Je suis en deuil, Molasse, je n'ai pas la tête à ça. Et elle, t'y as pensé, pendant l'enterrement de son frangin ? Tu crois que Faroux a choisi le meilleur moment pour lui jouer du violon ?

— T'as raison, c'est pour ça que je l'ai laissée filer. Allez, salut, le détective.

Molasse était un brave type, mais il n'avait strictement rien à faire dans la police. En passant devant la tombe d'Alfred de Musset, je remarquai un bouquet de roses jaunes fraîchement coupées. Je m'accroupis près du buste du poète en jetant un regard circulaire afin d'éviter d'être cueilli en flagrant délit. Puis, j'empoignai les tiges humides et m'éloignai au pas de gymnastique.

2

Badine pas avec la mort

La rue des Petits-Champs était animée, malgré un soleil de plomb qui déformait l'asphalte. C'était l'heure du déjeuner et les terrasses débordaient. Je poussai la porte de l'agence Fiat Lux.com, rejoignis l'étage et, sans la moindre cérémonie, tendis le bouquet de roses à ma secrétaire.

— Ouah ! En quel honneur, patron ?

— C'est juste une attention parce que je vous apprécie, mon petit bouchon. Ou plus justement, je suis en deuil et je ressens un grand besoin de tendresse. Vous connaissez Alfred de Musset ?

Étonnée et amusée par mon comportement, Kardiatou se leva pour me prendre les fleurs des mains.

— Oui, de nom, mais je ne l'ai jamais lu. C'est du polar ?

— J'adore votre humour, chérie.

Je devais admettre que je n'aimais pas que son humour, et la complexité de nos rapports n'avait de cesse de rendre perplexes les non-initiés. Alors que Kardiatou ouvrait un placard en hauteur afin d'y attraper un vase, je contemplai ses longues jambes qui n'en finissaient pas, sa jupe très courte à motifs pop qui remontait. L'image de la tour Eiffel s'imposa aussitôt dans ma ligne d'horizon en superposition. J'étais dans la cage de l'ascenseur et grimpais vers des hauteurs vertigineuses. La moiteur m'envahissait, telle la mousson dans un pays de l'intérieur. Il faisait chaud, trop chaud. Ma secrétaire se retourna avec un gracieux déhanchement qui n'appartenait qu'à elle, et tout se remit en place à hauteur réglementaire, sa jupe à mi-cuisse sur sa peau métissée café crème.

Résultat d'un fameux mélange entre un officier gaulois, le colonel Châtelain, et une sorcière de la savane, couronnée Miss Sénégal 1985, ma secrétaire était mon fantasme absolu. Diplômée en droit, vingt-cinq berges, ce qui donnait sur une carte d'état-major une idée de la surface et des reliefs de la demoiselle, Kardiatou était une bombe à retardement. Elle m'avait été recommandée, trois années plus tôt, par mon vieil ami et père d'adoption Louis Martinet. Le jour où elle se présenta, je ressentis une déflagration. J'étais un détective de choc, je tins donc le choc, du moins je m'en persuadai. Mais ce n'était qu'une façade, les dégâts s'avérèrent incommensurables. J'étais brisé, laminé. Dans un premier temps, j'essayai de me reprendre, de canaliser ce trop-plein de désir qui était en train de bouleverser mon existence. Comme toute maladie contagieuse, je m'imaginai que cela passerait. Mais que dalle, la fièvre persistait, les symptômes s'amplifiaient et les affaires s'en ressentaient. Je commençais à prendre mon temps là où, d'habitude, j'expédiais. J'avais de plus en plus de mal à me concentrer. Tant et si bien qu'à un moment, il me fallut faire un choix. Ou je me séparais de la femme que je considérais déjà comme celle de ma vie, ou je la gardais comme secrétaire, m'attendant à souffrir le pire des martyrs. Finalement, je choisis le mal par le mal, une option dangereuse... De ce jour, jamais je ne tentai un geste qui puisse remettre en cause le statut que j'avais dévolu à Kardiatou, le fantasme, celui que l'on désire voir perdurer.

— Ça va, Nestor ? Vous êtes tout pâle.

Je m'assis sur le bord de mon bureau, offert par le peintre Dali à l'un de mes aïeux. En son centre trônait une vieille machine à ruban ayant appartenu à Rudolf Klement, secrétaire de Trotski. Il m'arrivait d'y taper des poèmes quand le client se faisait rare.

— C'est juste un coup de chaud, trésor. Vos déplacements me donnent parfois le vertige.

Kardiatou ne releva pas, heureusement, sinon elle m'aurait achevé. Avec ses yeux verts, elle me toisa. Elle était plus grande que moi et j'aimais ça.

— J'ai encore appelé ce matin pour faire réparer la clim, mais, avec cette vague de chaleur, ils sont débordés. Et quand j'ouvre les fenêtres pour provoquer des courants d'air, le ventilateur ne brasse que de l'air chaud. J'ai entendu à la radio que ça faisait soixante-dix ans que les températures n'étaient pas montées si haut à Paris. Le record de 1976 a été dépassé.

La référence de ma secrétaire à 1976, année de ma naissance et du mouvement punk, ouvrit aussi sec la boîte à souvenirs. Après le divorce de mes vieux et la mort de ma mère, alors que j'étais encore ado, mon daron avait essayé de m'inculquer son amour des maths. Mauvais calcul. Résultat, j'avais atterri dans une communauté hippie en Ariège, où je me levais à 5 heures pour cultiver du chanvre indien entre deux Chou-Bang, une galette au blé noir et l'amour libre le cul dans les orties. Puis, une fugue en amenant une autre, j'avais fréquenté les squats de Berlin, vendu du *speed* à Barcelone, était retourné à Paris, où je m'étais acoquiné avec le mouvement autonome avant de me lancer dans le trafic d'armes avec les Corses.

Le téléphone de l'agence sonna. Je décrochai, ma secrétaire se faisant les ongles.

— Agence Fiat Lux.com, bonjour. Derrière chaque affaire, une solution se profile grâce au meilleur de nos limiers, l'inénarrable Nestor Burma. Je vous écoute.

— Nestor, arrête ta poésie, c'est Niki.

— Vous pouvez répéter, il y a de la friture.

— C'est moi, Niki, fit une voix très faible.

— Niquer quoi ? Niquer qui ? Articulez, que diable !

— Nestor, c'est moi, Niki Java !

— Niki... ! Comment ça, c'est toi ? Vraiment toi ?

— Oui, c'est moi. Je ne peux pas parler plus fort, j'appelle d'un hôtel pourri dans une banlieue naze. Mon téléphone se trouve dans le cercueil, dans l'une des poches de mon costard.

— Écoute, bouffon, si c'est une blague, je la trouve puérile et détestable, pour ne pas dire franchement lamentable. On ne badine pas avec la mort, surtout quand ce n'est pas la sienne. J'étais ce matin à ton enterrement, tu ne peux pas être Niki Java !

— Ton problème, Nestor, ça a toujours été la confiance.

— Effectivement, je ne fais confiance à personne. C'est pour ça que je suis vivant et que tu es mort, mon pote.

— D'accord. Pose-moi n'importe quelle question intime, un truc que je sois à peu près le seul à savoir.

— OK, tu veux jouer au plus fin, le ventriloque. Mon daron m'a récupéré à la mort de ma daronne, j'étais ado. Enfin, mon daron, j'en sais que dalle parce que, avec tous ces couillus qui courtisaient ma génitrice, je n'ai jamais vraiment su si c'était le bon dab. À mon avis, il aime trop les mathématiques et les sushis. Merde, pourquoi je digresse autant dès qu'il s'agit de mes vieux ? Faudrait un jour que je consulte.

— Avant de prendre rendez-vous, tu pourrais poser ta question.

— Je reconnais bien ton humour, Niki, un point pour toi. Ce qui ne veut pas dire que tu as gagné. Je veux que tu me donnes le nom de la ville et de l'établissement scolaire où nous nous sommes connus. Je t'écoute.

— Fastoche, le collège Las Cazes de Celleneuve, dans les boulevards de Montpellier.

— OK... mais, comme tu le dis toi-même, fastoche. Une fille a pu m'escamoter ce genre d'info sur l'oreiller et te la vendre en sous-main à un prix dérisoire.

— Nestor, je n'ai pas le temps de jouer aux devinettes. Dépucelé à treize ans, dans une cabine de la piscine du camping municipal de Palavas, avec la grande sœur de ta petite amie de l'époque. Elle s'appelait Josselyne, une Bondynoise d'origine corse en vacances à...

— Stop ! Tu devrais savoir qu'avec les Corses, il n'y a jamais prescription. Si on nous écoute, ils sont capables de me réclamer une pension alimentaire. Niki... t'es vraiment vivant ? Putain, tu ne peux pas savoir comme ça me réchauffe le cœur ! Mais alors... le locataire du cercueil, c'est qui ?

— Je ne peux rien te dire de plus pour l'instant. On se retrouve ce soir. Tu passes chez René, il te filera les instructions. J'aurai aussi besoin de pognon, le temps que je ressuscite. Ciao, Nestor, et surveille tes arrières.

J'observai le combiné en silence, incapable de raisonner. Kardiatou s'approcha, inquiète.

— Vous en tirez une tête, patron. On dirait que vous venez de croiser un mort.

— Vous ne pensez pas si bien dire, ma jolie : c'était Niki.

— Niki Java, votre ami ? Je croyais qu'il était mort.

— Officiellement, il l'est. J'en saurai un peu plus ce soir. Je dois passer chez René, qui me remettra sans doute l'adresse où je peux le retrouver. Passez-moi la bouteille de rhum, mon petit, avec de la glace et le jus de pamplemousse. Trop d'émotions depuis ce matin, j'ai besoin d'un remontant.

— Les émotions, ça se dompte. Le remontant, ça se possède.

Ma secrétaire avait le chic pour les formules à double tranchant. Elle était terriblement sexy. J'avalais ma mixture et m'apprêtai à quitter l'agence.

— Vous repassez au bureau, patron ?

— Je ne pense pas. J'ai rendez-vous avec un zombie. Après, j'irai sans doute me changer les idées.

— Parfois, on pense pouvoir se changer les idées ailleurs, alors que la meilleure se trouve sur place. Bonne soirée quand même, patron.

Quand je m'assis dans ma Fiat 500 rouge, l'habitacle était plus chaud qu'un four. Je mis le contact. Ma citadine, choisie par Kardiatou, disposait d'une climatisation très efficace.

3

Boulevard des allongés

Je garai la Fiat rue Eugène-Sue et marchai sur une centaine de mètres. Je vérifiai que je n'avais pas été suivi et entrai dans le bar *Les Amis de la police*, un vieux rade du 18ᵉ où Niki et moi avions nos habitudes. Mon ami journaliste avait choisi cet endroit par facilité, mais surtout parce que le patron était un mec digne de confiance, pas du genre à balancer, ou alors des baffes.

— Hello, René !

Le patron du bistrot, un ancien braqueur rangé des voitures, leva le nez de sa tablette.

— Salut, Nestor, qu'est-ce tu prendras ? Une vodka orange, un sky, ou ton foutu rhum pamplemousse ?

— Un perroquet.

Le maître des lieux ne moufta pas, il avait compris le message. Double dose de pastis – quand on aime, on ne compte pas –, un quart de phalange de menthe à la mode yakuza, le tout noyé de flotte et de quelques cailloux à la surface. Pendant que René s'affairait, je me perchai sur un tabouret, devant le comptoir estampillé « zinc authentique ». D'un regard circulaire, rapide mais appuyé, je scannai mentalement le contenu de la salle avec son magnifique carrelage à damier. Au fond, deux oisifs en tête à tête s'entretenaient à voix basse. À côté des toilettes, le flipper, qui avait le tilt facile, attendait le client à cette heure creuse. Près de la sortie, assise devant un guéridon, une nana typée très brune, charmante avec un air farouche, engoncée dans une veste de treillis militaire, sirotait un verre de lait. René posa le glass devant moi – il avait un sparadrap autour de l'un de ses doigts – et leva son ballon de rouge.

— Santé !

C'était de l'humour de sa part, mais il n'y avait guère que les types qui avaient fait de la zonzon pour saisir l'allusion.

— Za vache zdorovie ! lui répondis-je en heurtant son verre.

René aimait bien le pinard. Taciturne avec les nouveaux clients, sympa avec les habitués, c'était un homme de cœur. Reconverti dans la boisse, il avait baptisé son bar *Les Amis de la police* par pure provocation, persuadé qu'aucun poulet n'irait se perdre dans son troquet. Mais ce fut tout le contraire qui se produisit. Les flics commencèrent à y prendre leurs habitudes ; suivirent leurs indics et, enfin, quelques détectives privés et journalistes de faits divers en quête d'informations de première bourre s'incrustèrent. Étonné par ce succès, René s'adapta sans jamais rejeter ses anciens amis. Il s'était retrouvé suffisamment de fois du mauvais côté de l'aquarium pendant les interrogatoires pour ne pas se renier à l'automne de sa vie. Comme il nous bassinait à le répéter : « Il suffit souvent d'un détail pour être du bon ou du mauvais côté du *gun*. »

C'était ainsi qu'il avait fini par choisir le bon côté du bar, celui du tiroir-caisse. Quand il tapait du pognon, ça ne regardait que lui.

— J'ai une enveloppe pour toi, Nestor.

Et il fit glisser cette dernière à côté de mon pastis. Je tirai une drôle de gueule.

— Une enveloppe ? Mais je ne suis pas de la police, René.

Le patron fronça ses sourcils broussailleux. Il goûtait modérément ma vanne. Je lui fis un clin d'œil.

— Désolé, je ne peux pas m'en empêcher. Je sais, Niki m'a tenu au courant. Au fait, tu l'as vu ? Je veux dire, physiquement, après son enterrement.

René vida son ballon cul sec et me fixa un moment avec des yeux de merlan frit.

— C'est vrai, maintenant que tu en parles... Non, je ne l'ai pas vu. Il m'a juste téléphoné.

— C'était bien lui ? Tu n'as pas eu de doute ?

— Oui. Je connais Niki depuis qu'il est môme, je ne peux pas me tromper. Il m'a dit qu'une gonzesse allait me remettre une enveloppe que je devais ensuite te refiler en main propre.

Le patron des *Amis de la police* s'empressa de rajouter :

— Et ne me dis pas que tu ne peux pas la toucher parce que t'as les mains sales, sinon je te mets une taloche.

— Ce que tu peux être chatouilleux ! Et la gonzesse qui t'a remis l'enveloppe, tu la connaissais ?

— Jamais vue. Mais si tu veux lui parler, c'est facile, elle est assise derrière toi, près de l'entrée.

Je me retournai vivement. René s'exclama :

— Merde, elle s'est barrée ! En plus, elle n'a pas raqué sa conso.

En effet, la femme au treillis militaire avait disparu. J'étais un peu vénère de l'avoir loupée. René aurait fait une piètre balance. J'en déduisis qu'elle voulait s'assurer que j'avais bien récupéré l'enveloppe, sans avoir à entrer en contact avec moi.

— Bon, je te laisse, j'ai du lourd qui vient d'arriver, fit le patron.

Et il s'éloigna à l'autre extrémité du bar pour servir un pilier, un commissaire à la retraite qui avait une fraise à la place du blair, ce qui ne l'avait pas empêché d'en avoir tout le long de sa carrière, même si, à présent, il les sucrait. Intrigué, je remarquai des traces brunâtres le long de la bande gommée de l'enveloppe, là où l'on passe généralement la langue : du sang, sans aucun doute. Je la décachetai à l'aide de la pointe de mon Deejo et l'ouvris. Elle contenait une simple feuille arrachée à un carnet à spirale d'écolier, pliée en quatre. Moi, ça ne me faisait pas rire. Je parcourus le contenu en essayant de lire entre les lignes : *À 22 heures sur la tombe de de Nerval.* Mais il n'y avait pas assez de lignes pour se faufiler entre les mots, aucune ponctuation et un vocabulaire plus que pauvre. Ça ne ressemblait en rien à la prose de Niki Java. Mon pote journaleux avait du style ; même pour appeler au secours, il savait y mettre les formes. Je ne pouvais même pas vérifier si c'était son écriture, la missive avait été tapée sur un clavier d'ordinateur. Ce qui n'expliquait pas la faute de frappe : *de de Nerval*. Il était notoire que Niki frappait juste. Le sang sur l'enveloppe, ajouté au doute quant à l'auteur du message, ne me poussait pas à la plus grande des sérénités avant de me rendre dans un cimetière. Je me torchai un second perroquet et rejoignis la 500.

Une demi-heure plus tard, je passai la porte sud du cimetière du Père-Lachaise, celle qui donnait sur la rue du

Repos la bien nommée, afin de m'y laisser enfermer. Et tandis que les gardiens quadrillaient le royaume des morts, invitant les retardataires à rejoindre les différentes sorties, j'allais visiter ma copine Élisa Hodgson, vicomtesse de Beauchesne, 67e division, 2e section. Sa tombe respirait le romantisme de son époque. Le sculpteur Antonino d'Agiout n'avait lésiné sur aucun détail. Sa toilette, ses cheveux, la soie et les jupons, ses traits au crayon, tout frémissait, tout vivait en elle. Allongée dans sa robe, qui lui tenait la gorge et la taille, Élisa ne me laissait définitivement pas de marbre. Quand je la regardais longtemps, je voyais même sa poitrine se soulever. Puis, un chat noir vint s'asseoir à mes pieds et me signifia que la visite était terminée.

Je m'engageai alors dans une contre-allée parmi des sépultures en ruine couvertes de mousses et d'herbes folles, à la rencontre d'une autre bonne amie. Cela faisait plusieurs années que je n'étais pas venu sur sa tombe. Me recueillir n'était pas le mot, les tombes me laissaient froid. J'avais juste trois heures à tuer dans ce cimetière. Sa stèle était toujours aussi blanche, avec une étoile de David gravée dans la pierre. Elle s'appelait Camille. Elle était morte à dix-sept ans, un accident de moto sur le circuit Carole après un concert de Motörhead. Je m'allongeai sur la sépulture voisine, les yeux fixés sur le médaillon qui renfermait sa photo, un Photomaton pris trois jours avant son carton. À l'époque, j'étais parti sur la route avec mon duvet roulé dans ma musette achetée au surplus militaire des puces de Saint-Ouen. En partie à cause d'elle, pour l'oublier, ainsi que les amants de ma mère, et trouver le mon vrai père. Oublier, c'était tout ce que je voulais. Mais on n'efface jamais complètement des souvenirs, surtout sa plus grande histoire d'amour, qui servira ensuite de référence pour imaginer ne plus jamais se planter.

Avec Camille, on se promenait souvent au Père-Lachaise. Elle habitait rue Planchat, c'était pratique. Un week-end où ses vieux l'avaient laissée seule afin qu'elle bûche son bac blanc, nous nous étions laissé enfermer dans le cimetière, tout comme je venais de procéder. Rétrospectivement, il y avait une analogie troublante entre ces deux moments. Alors que j'étais en passe de rencontrer un ami mort, je me rappelle que Camille m'avait emmené devant le gisant de Victor Noir. Les deux étaient journalistes. La sépulture de Victor Noir était impressionnante. Le sculpteur Jules Dalou avait représenté le jeune homme d'une façon très réaliste, allongé dans la position où on l'avait trouvé assassiné, avec son chapeau haut de forme qui avait roulé à ses côtés. Victor Noir avait été tué par un cousin de Napoléon III, pas même en duel, assassiné lâchement comme un chien de six balles dans la peau. Certaines zones du gisant ayant subi une oxydation m'intriguèrent à l'époque. Au niveau des extrémités – les pointes des bottes, le menton, le nez, et surtout le renflement du sexe –, le bronze brillait sans pudeur. Comme me l'expliqua Camille, Victor Noir était inconnu de son vivant ; ce furent les circonstances de son décès qui le rendirent célèbre. Jeune, beau, fougueux, une mort violente et injuste, tous les ingrédients étaient réunis pour qu'il devienne un héros romantique ; la superstition populaire fit le reste. On prétendait en effet que les femmes qui se frottaient au gisant devenaient fertiles ou, pour le moins, amoureuses. C'est ainsi que, sous l'égide de Victor Noir, cette nuit-là, dans le cimetière du Père-Lachaise, Camille vit le loup...

J'ouvris les yeux ; je m'étais assoupi. Je consultai mon portable : 21 h 55. J'embrassai mon index et le posai sur la photo de Camille, avant de me précipiter dans l'allée. Essoufflé, j'aperçus la colonne qui indiquait la tombe de De Nerval... Bien sûr, étais-je bête, le nom de l'écrivain ne pouvait être amputé. Par contre, il n'y avait personne. Inquiet, j'observai les alentours en glissant ma main vers mon holster.

— Tu sais qu'un jour, Gérard de Nerval a été surpris en train de se promener dans les jardins du Palais-Royal avec un homard qu'il tenait en laisse ? Quand on lui a demandé pourquoi il faisait ça, il a répondu : « J'ai le goût des homards, qui sont tranquilles, sérieux, savent les secrets de la mer, n'aboient pas. » C'est tuant, non ?

Je me retournai sur Niki Java :

— Ce que je trouve tuant, c'est que tu sois vivant.

Nous tombâmes dans les bras l'un de l'autre. Nous avions la même taille, le même âge, la même corpulence, pratiquions tous deux le noble art de la canne et de la savate, et étions potes à la vie, à la mort. Je lui dis tout de go :

— Il y avait du sang sur l'enveloppe et ta frappe n'était pas des plus limpides.

— Le temps pressait, je n'avais pas de papier, la mort ne m'a accordé qu'une petite minute pour rédiger cette convocation. Le sang, je ne sais pas, peut-être était-ce celui de l'émissaire.

Je me rappelai alors que René avait un sparadrap collé au doigt ; sans doute s'était-il coupé.

— Mais alors, c'est qui, dans la boîte ?

— Veysel Zafer, un journaliste kurde.

— Il faudra que tu m'expliques le lien entre un journaliste kurde et le préposé à la rubrique des chiens crevés et des poupées dégonflées d'un journal popu.

Je ne me moquais pas : Niki Java travaillait à la rubrique des faits divers, et non au service politique. Et si le patron de son journal lui avait offert un enterrement cinq étoiles, c'était à la mémoire du grand reporter qu'il avait été jadis, avant d'être mis sur la touche à cause de la picole. Niki m'exposa les faits, au départ une banale enquête gastronomique, en admettant que l'on ne puisse se nourrir que de liquide.

— C'est parti d'un quiproquo. J'ai croisé la sœur de Veysel Zafer dans un bar. Je préparais, pour le supplément d'été du journal, un dossier sur les boissons typiques de chaque pays de la planète, avec en prime les recettes.

Je ne pus m'empêcher de me moquer du spécialiste.

— Un sujet dans tes cordes, si je puis m'exprimer en langage pugilistique. Et alors ?

— Alors, il y avait cette femme à la table voisine qui me regardait. Elle avait un look, comment te dire... occidental mais passablement daté, un peu slave, style roumain avec une touche tiers-mondiste. Enfin, je n'arrivais pas à la situer, mais une étrangère sans le moindre doute. Très naturellement, je l'ai interrogée sur la boisson officielle dans son pays. À sa réaction, j'ai compris que j'avais fait une gaffe. Elle m'a regardé avec défiance, comme si j'étais un flic. Je me suis tout de suite excusé de l'avoir mise ainsi mal à l'aise et je me suis présenté, en précisant que j'étais journaliste et que j'écrivais un papier sur les spécialités alcoolisées internationales. Au début, elle ne m'a pas pris au sérieux, elle pensait que c'était une méthode de drague, qu'elle trouva au demeurant originale. Et puis, de fil en aiguille, alors que je notais la composition d'une boisson lactée fabriquée dans son bled – le *dawé*, si mes souvenirs sont bons –, j'ai appris qu'elle s'appelait Seryal Zera, qu'elle était kurde, réfugiée politique depuis deux ans en France.

— Kurde de Turquie, d'Irak ou de Syrie ?

— De Turquie, c'est la première chose que je lui ai demandée. On n'oublie pas les fondamentaux. Surtout qu'à l'époque, avant ma reconversion dans la rubrique « des chats perchés », j'avais fait un papier sur les mouvements féministes à Istanbul. Et les femmes kurdes étaient de loin les plus en pointe. Par la suite, on s'est fréquentés, avec Seryal, et elle m'a présenté son frère, Veysel Zafer, un journaliste, réfugié politique lui aussi, qui fricotait avec le PKK. Quand il a appris que je bossais dans un journal important, il m'a proposé un deal à propos d'un dossier politique brûlant. J'ai gambergé et je me suis dit que c'était peut-être l'occasion de me remettre en selle sur le plan professionnel.

— Le dossier brûlant, c'était quoi ?

— Je sais encore très peu de choses à ce sujet. Seryal devait justement me remettre des documents. Il semblerait – mais attention, je ne peux rien affirmer, je n'ai pas eu les papiers entre les mains – qu'il y ait un lien avec les meurtres de plusieurs militants kurdes, perpétrés sur le sol français par les services secrets turcs.

— Rien que ça ! Et il était sûr de ses sources, ton Veysel Zafer ?

— Ses sources, je ne les connais pas. Ce qui est sûr, c'est qu'il en est mort. Mais ce ne serait pas une première. Tu ne te souviens pas, en 2013, les trois militantes kurdes abattues en plein jour de plusieurs balles dans la tête dans le 10ᵉ?

Je m'en souvenais très bien, cela m'avait même remué les tripes.

— Oui, un type avait été arrêté, qui clamait son innocence.

— Innocent? Mon cul, ouais! C'était un membre des Loups gris, un groupe facho turc ultranationaliste. Il avait réussi à infiltrer le PKK en se faisant passer pour l'un des leurs. On avait retrouvé de la poudre dans sa sacoche ainsi que des traces d'ADN de l'une des victimes sur ses fringues. Les services secrets turcs projetaient même de le faire évader avec la complicité d'un de leur agent sur place. Finalement, il est mort du crabe en taule; son procès devait avoir lieu en début d'année.

Je constatai que Niki s'était investi dans ce dossier, il s'y intéressait vraiment.

— D'accord, mais cela n'explique pas pourquoi ce journaliste se trouve à ta place dans un cercueil.

— C'est là que de nombreux éléments m'échappent. Seryal est persuadée que c'est un coup du MIT.

— Les loups gris, les mites... Les termites, encore, je comprendrais dans un cercueil. C'est quoi, ton zoo? Tu m'expliques?

— Le MIT, c'est les services secrets turcs, l'équivalent de la DGSI[1]. Juste avant que son frère ne clamse, Seryal m'a montré la copie d'une note qui provenait du dossier. Elle

---

[1] Direction générale de la sécurité intérieure.

dénonçait un vaste projet d'assassinats de Kurdes en Europe, avec les noms et les adresses des cibles, dont plusieurs résident en France. Le tout était orchestré par le MIT. Par ailleurs, Seryal m'a traduit différents articles dans lesquels des sources fiables confirmaient l'authenticité de cette note, notamment dans le journal allemand *Der Spiegel*. C'est comme si la DGSE[2] allait flinguer des opposants politiques sur le territoire turc.

— Parce que tu crois que ça ne se pratique qu'à sens unique ?

— À une telle échelle, j'en doute. Maintenant, si tu fais référence à la racaille islamiste qui s'est barrée en Syrie et que les barbouzes français dégomment sur place, avant que ces bombes humaines ne reviennent se faire péter dans l'Hexagone, c'est un autre combat. Si nos dirigeants arrêtaient un tant soit peu de faire l'autruche, on appellerait ça une guerre. À part une bande d'illuminés qui pensent que l'on peut réparer ces salopards, je ne connais personne qui soit prêt à les recevoir à bras ouverts, encore moins à leur pardonner.

J'étais globalement d'accord avec Niki. Peu de survivants FTP-MOI[3] avaient pardonné aux nazis. Le pardon était l'une des plus grandes arnaques judéo-chrétiennes. Niki reprit :

— Enfin, les faits sont là, Veysel Zafer a été empoisonné, alors que j'étais la véritable cible. Tout ça parce que le MIT pensait que j'étais en mesure de faire publier dans mon journal ce fameux dossier qui pue.

Ce détail avait son importance. Le poison était l'une des

---

[2] Direction générale de la sécurité extérieure.
[3] Les Francs-tireurs et partisans – Main-d'œuvre immigrée.

spécialités des Russes, ce n'était pas l'apanage des Turcs. Les méthodes de ces derniers étaient plus expéditives, « barbares » étant sans doute le mot le plus approprié.

— Et tu es sûr que les commanditaires sont les mêmes que ceux du triple meurtre de 2013 ?

Niki alluma une clope et souffla une série de ronds parfaits vers le ciel étoilé.

— Je suis sûr de rien, c'est Veysel Zafer qui possédait la réponse. Mais il est mort empoisonné alors que je venais de quitter l'appartement de Seryal et que j'avais bu le même thé ! Le dossier, à présent, est entre les mains de sa sœur. Mais je ne peux pas le récupérer, puisqu'elle me croit mort.

— Comment ça ? Tu ne l'as pas prévenue ? Ce n'est pas très charitable.

— Je dois dire que je n'ai pas entièrement confiance, ces gens-là sont en guerre. Ma prétendue mort est ma meilleure assurance sur la vie, mais elle bloque aussi mon enquête. C'est pour ça que j'ai pensé à toi, Nestor. Mon journal est prêt à payer très cher un reportage de cette nature. Ils sont friands de sujets qui touchent à l'actualité. Et tu as un avantage sur les services secrets turcs, c'est qu'ils ne te connaissent pas. Enfin, je t'avoue que j'aimerais assez que Veysel Zafer ne soit pas mort pour rien. Ça fait toujours mal au cul de la démocratie quand un journaliste se fait dézinguer. Sans compter que, si mon nom n'était pas sur leur liste, ces fumiers n'ont pas hésité à exécuter un journaliste français sur le territoire national. Ils se sont plantés, tant mieux pour ma pomme, mais le geste reste. Et il est inqualifiable.

Je ne savais quoi penser de cette affaire. Exposée ainsi

par Niki, elle paraissait plausible, mais il me manquait de nombreux éléments... Ce détail, par exemple, que mon ami venait de me remémorer et qui ne cessait de me turlupiner depuis son appel téléphonique.

— Tu peux m'expliquer comment ils se sont débrouillés pour se gourer de cible ? Ils devaient pourtant bien le connaître ce... je ne sais quoi Zafer La Vaisselle si c'était un opposant kurde proche du PKK.

Niki soupira en écartant les mains en signe d'impuissance.

— Pour moi, c'est la grande inconnue, je ne capte toujours pas. Les flics ont retrouvé son cadavre avec mes papelards dans ses poches. Pourtant, on ne se ressemble pas. La taille, la corpulence à la rigueur, mais c'est tout.

J'essayais d'imaginer la scène. Le type avait été éliminé avec du poison. Le ou les tueurs ne s'étaient pas pointés la gueule enfarinée, armés de flingues. Ça s'était passé dans l'appartement de Seryal Zera. Le poison avait dû être dissous dans une tasse destinée à Niki, dans le cadre de sa collaboration avec Zafer La Vaisselle sur le contenu de l'article qui dénoncerait les meurtres des Kurdes par les Loups gris. Quelqu'un s'était introduit dans l'appartement à l'insu de ses occupants, sachant que les deux hommes étaient susceptibles de boire leur thé dans cette tasse. C'était donc une sorte de loterie, l'un des deux devait y passer. Cependant, il y avait cet élément qui était loin d'être une vétille.

— Comment tu expliques que tes papiers d'identité se trouvaient dans ses poches après l'empoisonnement ?

Niki Java répondit comme un journaliste :

— Ça s'adresse aux médias, j'imagine. C'est un avertissement fort pour les fouille-merdes. Il paraît qu'après l'ingurgitation de ce poison, on se retrouve avec la tronche d'un poisson-lune.

Je le regardai comme un pêcheur qui vient de ferrer du gros et lui demandai de répéter. Ce qu'il venait de balancer avait une importance capitale et me permettait de pousser mon analyse un peu plus loin dans les méandres de mon imagination fertile. Il était possible que l'empoisonneur, revenu sur le lieu de son crime, soit dans l'incapacité de pouvoir distinguer le visage de sa victime à tête de poisson. Tout au plus possédait-il une photo de sa cible et, quand bien même, était-ce le bon ? Dans le doute, pour que l'on puisse identifier mon pote journaliste, le tueur avait glissé les papiers d'identité de ce dernier, qui se trouvaient dans sa veste restée dans la pièce.

— Tu sais, même Manon a été incapable de me reconnaître à la morgue, rajouta Niki.

— Manon, ta régulière ?

— Oui, la même que tu visites depuis peu régulièrement. Mais ne te bile pas, personne n'appartient à personne. Alors, Nestor, tu reprends l'affaire ?

Il m'avait pris de court. Jamais je n'aurais pu prétendre rester aussi calme et courtois si j'avais appris que Niki avait fait des avances à Kardiatou. Mais qu'est-ce que je racontais ? Je n'étais pas à la colle avec ma secrétaire et, quand bien même, comme le disait si bien mon pote, personne n'appartient à personne. Je lui répondis par une formule toute faite :

— Niki, je suis un détective, Fiat Lux.com ne verse pas dans l'espionnage.

Mais les formules toutes faites ne touchaient en rien Niki Java. Il sortit sa carte de journaliste et griffonna un numéro au dos.

— C'est le *phone* de Seryal, tu dois absolument la contacter pour récupérer le dossier. Bien sûr, tu ne lui dis rien sur mon état de santé, c'est ma seule garantie pour rester en vie. C'est vrai, je ne connais d'elle que ce qu'elle a bien voulu me montrer et me dire. Comme tu l'as mentionné, on nage en plein espionnage et, dans ce genre de merdier, on ne peut faire confiance à personne. Prends le temps de la réflexion, mais sache que le journal est prêt à raquer pour ce genre de reportage. On se contacte via René, comme d'habitude.

4

Le Christ ne crèche pas au 33

Contrarié et chagrin, je récupérai ma tire boulevard de Ménilmontant, près du métro Philippe Auguste – pas le clown. Mon plan initial tombait à l'eau et je n'avais pas le cœur à lui envoyer une bouée. Une enclume, à la rigueur, pour sceller la fin d'une histoire qui n'avait pas commencé. En un mot, comme en sang, je serai bref quant à l'explication de cet état d'âme passager mais retors, le mieux étant de payer l'addition sans se coltiner le menu, qui aurait fini par me rester sur l'estomac. Coucher avec la femme de son meilleur pote était un très mauvais calcul, pas joli joli, et franchement discutable. D'autant plus quand, de calcul, il n'y en avait eu aucun, ni de chair consommée, alors que la femme de mon meilleur ami manifesta depuis toujours un certain émoi, et moi, et moi, m'ouvrant ses bras, son cœur, son foie accommodé de joyeux cocktails, voire ses gambas, mais seulement voir. Heureusement, mon expérience de célibataire endurci m'avait rappelé à l'ordre :

— La précipitation est un plat qui brûle la langue et les préliminaires ne sont pas faits pour les gougnafiers, cela peut donner un avant-goût. Si un hors-d'œuvre peut être charmant, ladite œuvre peut s'avérer une vraie croûte.

Basta ! Tout ça, c'était des salades. Mon plan initial était Manon, ça coulait de source. J'avais essoré la pauvre laitue, mais je n'étais pas seau. Comme je n'avais pas de plan B, sinon des plans Z plus foireux les uns que les autres, je décidai de rentrer au burlingue. La circulation était fluide avenue de la République. Un quart d'heure plus tard, je trouvai une place devant ma boutique.

La devanture de l'agence Fiat Lux.com avait de l'allure. Cet ancien atelier d'artiste m'avait été légué par Louis Martinet, mon père spirituel, l'officiel ayant toujours fait la gueule. Si Louis avait été comme un second père pour moi, je n'étais même pas sûr que l'officiel soit le bon. Ma mère, en bonne soixante-huitarde, hésitait encore, sur son lit de mort, parmi une dizaine de secoués qui dansaient à poil sous la lune ; pas au Sénégal, manquait plus que Kardiatou soit ma demi-sœur... J'avais connu Louis au début des années 2000, quand je trafiquais encore les armes avec les Corses, bien parti pour prendre du galon dans le grand banditisme. Lors d'un essai de roquette dans une décharge, un tir malencontreux – Louis s'était fait quelques ennemis pendant sa longue carrière – avait failli nous emporter, le vieux Martinet et moi.

— Une roquette qui vous passe à un poil du fion, ça rapproche, m'avait-il dit, un peu matamore sur les bords.

Nous sympathisâmes jusqu'à ce qu'il décrète que j'étais comme un fils pour lui. Des mots, avais-je pensé, des mots tendres ; chez quelques anciens du milieu, un certain romantisme perdurait. Mais, si les mots étaient le plus souvent gravés dans le marbre, parfois il arrivait qu'ils soient couchés sur le papier à l'encre violette, avec une écriture appliquée en déliés, avant d'être déposés chez le notaire. Quand Louis Martinet mourut de sa belle mort et que j'appris que j'héritais d'un ancien local d'artiste, rue des Petits-Champs, je sus que j'avais rencontré un vrai père. En hommage à Louis, j'arrêtai du jour au lendemain les combines à la petite semaine, les braquages avec des bras cassés et mes divers trafics pour créer l'agence Fiat Lux.com, devenant ainsi le détective privé de choc Nestor Burma.

Tout en ressassant le passé, j'ouvris la lourde de l'agence. Je montais l'escalier en acier brossé, quand je sentis une présence. Il flottait dans l'air une odeur musquée inhabituelle, une eau de toilette ou un parfum bon marché. Seule certitude, cela ne pouvait pas être un reste d'effluves des nombreux sent-bon de Kardiatou, beaucoup trop chargés et pas assez classes pour ma secrétaire, qui ne voyageait qu'en affaires. De plus, cette dernière ne travaillait jamais aussi tard sans que je sois au parfum et, à fortiori, dans le noir. Je sortis de son holster mon fidèle pistolet québécois. L'une des principales raisons qui avaient orienté mon choix vers ce flingue, au-delà de sa précision, était que nous parlions la même langue. Je m'approchai à pas de velours de la porte du bureau, serrant fermement la crosse gris anthracite de mon distributeur de dragées. La partie supérieure de ladite porte possédait une vitre opaque, derrière laquelle je voyais distinctement danser, comme un farfadet, le faisceau lumineux de la lampe d'un téléphone portable. Un cambriolage à minuit passé chez Fiat Lux.com, c'était une première. Tout monte-en-l'air digne de ce nom – je précise au passage que je n'ai aucune once de respect pour cette corporation d'enfoirés – aurait dû savoir que, chez Burma, il n'y avait rien à voler, sauf... Merde ! Les armes qui m'étaient restées sur les bras après mon retrait des affaires. Je ne m'étais jamais décidé à les brader, elles étaient planquées sous le plancher. Un véritable arsenal : trois caisses d'armes « vierges », avec les numéros limés.

Un filet de sueur me coula le long de la tempe ; la température avoisinait les 40 °C. Je ressentais aussi un petit gargouillis au ventre. Je retirai prestement la sécurité du québécois, avec le souhait de ne pas entendre son accent impayable qui me faisait pisser de rire, et tournai doucement la poignée. Heureusement, les gonds étaient parfaitement huilés et le bruit qui montait de la rue par la fenêtre ouverte couvrait allègrement les grincements de lattes du plancher, mon souffle court, ainsi que le gargouillement de mon bide. Je poussai vivement le panneau de la porte, mon arme pointée en avant, appuyant concomitamment sur le commutateur. La lumière zébra mes rétines. J'eus à peine le temps de voir sauter par la fenêtre une silhouette féminine. Je me précipitai, scotché par la prouesse. La panthère se réceptionna comme un chat avant d'entamer un sprint au milieu de la rue, zigzaguant entre les voitures. Sous le halo jaunâtre d'un réverbère, alors qu'elle se retournait, je reconnus la femme en treillis militaire qui avait remis l'enveloppe à René. Je ne pouvais pas me tromper, elle m'avait tapé dans l'œil sans que je songe à me protéger. Je n'envisageai pas une seconde d'essayer de la rattraper. C'était une combattante entraînée : sauter d'un étage sans se fouler la cheville l'attestait. Alors que mon entraînement quotidien se résumait à des mojitos, de la vodka Red bull, la pisse d'âne en pression, quelques clopes, parfois la pipe, de plus en plus ma cigarette électronique et mes séances quotidiennes de canne et de savate, pas de quoi fouetter un chat et moins encore de le courser. Je me tournai vers le carnage, le Bronx qu'elle avait foutu ; Kardiatou n'allait pas être contente. Le bureau avait été fouillé méthodiquement, les dossiers vidés de leur contenu, toutes mes archives tapissant le sol. Heureusement, les armes sous le faux plancher n'avaient pas été découvertes. Même le vieux coffre-fort avait été forcé, alors que la molette était bloquée sur la position ouverte depuis que Louis Martinet m'avait filé les clés de la turne, emportant avec lui la combinaison. Agile mais pas fine, la guêpe.

Je m'assis derrière mon bureau pour faire le point. Nul besoin de lire dans les cartes du tarot marseillais pour deviner ce que la panthère cherchait : ce satané dossier qui incriminait les services secrets turcs. Elle avait eu vent que je devais récupérer le bébé et s'était pointée trop tôt. Ce que je ne comprenais pas, c'était pourquoi une militante kurde voulait doubler une autre Kurde. Seryal Zera semblait pourtant mener le même combat. Mais peut-être que j'allais un peu vite en besogne. Ce n'était pas parce que la jolie panthère avait remis à René une enveloppe qui m'avait mené jusqu'à Niki Java qu'elle faisait partie de la même faction. Kurdes turcs, irakiens ou syriens pouvaient manger à la même cantoche sans que, pour autant, tous bouffent du jambon. Il était temps que je fasse sortir du bois Seryal, avec son dossier qui sentait le soufre. L'odeur entêtante et musquée que j'avais sentie dans l'escalier flottait encore en suspens. Je saisis le téléphone et composai le numéro écrit au dos de la carte professionnelle de Niki Java. La sonnerie retentit plusieurs fois, avant que la voix de Seryal Zera, la femme au tailleur gris du cimetière, ne grésille dans l'écouteur. Je me présentai. Mon interlocutrice marqua une longue hésitation. Une respiration forte résonnait au bout du fil, ponctuée par des silences. Je racontai à la militante kurde quelques anecdotes au sujet de Niki afin de la mettre en confiance et de confirmer mon identité.

— Alors, c'est vous, l'ami de Niki ?
— Nestor Burma, pour vous servir.
— Il m'a souvent parlé de vous. Il disait que je pouvais vous faire entièrement confiance.
— Pour la mémoire de mon ami...

Je déglutis, j'avais en horreur ce que j'étais en train de faire. Je me repris :

— ... je suis prêt à vous donner un sérieux un coup de main. Je veux retrouver ceux qui ont fait ça.
— Merci. Mais on ne peut pas parler au téléphone, c'est trop dangereux. Venez me rejoindre.
— Maintenant ?
— Oui, après il sera trop tard.
— Vous êtes où ?

Elle hésita encore, elle semblait être vraiment en danger.

— Rue des Vignoles, dans le 20ᵉ arrondissement, au 33.
— L'âge du Christ.
— Je ne sais pas, je n'ai pas le même Dieu. Niki me demandait souvent d'épeler ce chiffre quand on jouait au docteur. Venez vite, je vous attends.

Et elle raccrocha.

Comment pouvait-elle encore avoir de l'humour, alors que l'on venait d'empoisonner virtuellement son bien-aimé ? Soudain, je réalisai que le 33 rue des Vignoles était l'adresse historique de la CNT-FAI[4] à Paris, mes copains anars. Qu'est-ce que Seryal Zera fichait là-bas ? Ça se corsait. Enfin, histoire de parler. Je ne conviais pas le FLNC aux festivités, il y allait sans doute avoir assez de pétards comme ça. Je remisai le mien au fond de mon holster et chopai le galure de l'ancien propriétaire sur la patère, histoire de faire plus privé. Puis, je me précipitai dans l'escalier avant de m'enfoncer dans la banquette de ma bagnole de cirque. Je me garai boulevard de Charonne à l'américaine. Pour les novices, on grimpe l'une des roues avant sur le trottoir et l'on braque le volant dans le sens opposé. La roue engagée retombe alors dans le caniveau. On redresse et, sans la moindre manœuvre, la chignole est garée parallèle au pavé du trottoir. Cela sous-entend que la place fait une fois et demie la taille de la bagnole. Si ce n'est pas le cas, tu ne te prends pas pour un Américain et tu fais un créneau normal. Fin de la leçon.

    Les mains dans les fouilles de mon blouson de serge, je m'engageai dans la rue des Vignoles en passant devant le bar *Les Enfants de la balle*, celui qui faisait l'angle avec le boulevard de Charonne. Le quartier avait beaucoup changé ces dernières années. La rue des Vignoles était devenue l'archétype de la bobosphère qui dénaturait le Paname populaire que j'aimais. Les restos branchouilles et les impasses proprettes aux tonnelles couvertes de vigne vierge avaient remplacé les squats de l'époque. Difficile d'imaginer

---

[4] Confédération nationale du travail (anarcho-syndicaliste).

qu'une trentaine d'années en arrière, ce quartier avait été l'un des fiefs du Comité des mal-logés. À côté de ça, je devais reconnaître que c'était plus agréable pour le chaland de se balader sans buter dans des punks à chiens qui cuvaient, ou marcher dans leur mouise. Mais j'avais eu un temps la naïveté d'imaginer qu'il était possible de trouver un entre-deux. Pourtant, le compromis et Burma, ça faisait deux avec rien au milieu. Puis, il me revint que je n'étais pas là pour faire le guide nostalgique, mais pour rejoindre la frangine d'un type qui avait endossé le rôle du macchabée à la place de mon pote.

Arrivé au 33, le portillon en fer forgé, sur lequel était soudé le sigle CNT, était clos. Dans l'impasse, les box et les baraquements peints en rouge étaient plongés dans le noir. Le drapeau CNT-FAI, avec son chat floqué dessus, flottait mollement au-dessus du pavé. Au fond de l'impasse, on pouvait lire un slogan sur un panneau : « Pas de trêve syndicale. » Quand j'eus enfin appris, grâce à une plaque apposée au mur, que le 33 de la rue des Vignoles était déclaré zone zapatiste depuis 1995, je me dis que je n'étais pas venu pour rien. Je poussai quand même la grille ; elle était fermée à clé. J'aurais pu aisément grimper par-dessus, mais l'impasse était vide et je n'avais plus trop de jus. Je tournai les talons avec la ferme intention de rentrer me glisser sous les draps et plonger dans un sommeil réparateur. Mais avant, j'appelai Seryal Zera, par acquit de conscience ; peut-être s'était-elle trompée d'adresse. Ça sonnait. Déjà, elle n'était pas sur messagerie. Mais ça sonnait dans l'écouteur, et aussi dans la rue. Surpris, je me précipitai vers l'hymne kurde, qui s'élevait à quelques pas du 33. La sonnerie s'arrêta, remplacée par un gémissement. Le bruit provenait d'une minuscule ruelle. Je pensai à un greffier, c'était la saison des amours. À un jet de pierre de la CNT, ça se tenait. Mais les chats noirs n'écoutaient pas les hymnes militaires, ce n'était pas leur came. Bientôt, le gémissement se transforma en râle, beaucoup moins érotique. Les gens qui râlaient, on en entendait tous les jours, à commencer par moi-même. Mais ce genre de râlement n'était pas des plus courants, du moins dans un monde pacifié. Mon palpitant fit une embardée. Je sortis mon flingue et allumai mon portable avant de « plonger dans l'impasse », bon titre pour un polar, à condition de remonter à la surface. Je scrutai l'impasse des Souhaits – tu parles d'un blaze – en souhaitant le meilleur pour Seryal Zera. Mais mon vœu ne fut pas exaucé. Elle était allongée sur le dos, dans son ensemble tailleur gris, le chemisier ensanglanté. Je m'approchai prudemment, mon téléphone au bout des doigts. Les yeux mi-clos, elle se tenait le ventre. En me voyant, elle tendit la main. Je m'agenouillai près d'elle et glissai mon bras sous sa tête. Je me penchai, l'oreille devant sa bouche, qui virait au violet.

— Burma...

— Oui, c'est moi, Nestor Burma, l'ami de Niki Java. Ne parlez pas, je vais vous poser des questions, vous répondrez par oui ou par non. Après, on foncera à l'hosto, j'ai ma voiture garée au bout de la rue. D'accord ?

Elle fit « oui » de la tête. Nous savions tous deux qu'elle ne s'en sortirait pas. Mais avant de partir, elle voulait me confier certaines choses.

Je lui demandai :
— Qui vous a fait ça ? Une femme ?
Je pensais forcément à ma visiteuse du soir en treillis. Elle répondit oui et, tout de suite après, fit signe que non. C'était confus.
— D'accord, il y avait un homme et une femme.
Elle indiqua que non, mais grimaça, comme si ce n'était pas aussi clair. Elle murmura :
— Les... Loups...
— Les Loups gris, c'est ça ?
Elle cligna des paupières.
— Et c'est eux qui ont le dossier ?
— Non...
— Je ne comprends pas. Ils vous ont agressée, mais ils n'ont pas récupéré le dossier. C'est donc quelqu'un d'autre qui l'a en sa possession ?
Elle fit « oui » faiblement avec la tête.
— Essayez de me donner un nom. Après, je vous emmènerai à l'hosto.
Elle avait perdu trop de sang, ses yeux jouaient au billard. J'allais la perdre et elle emporterait son secret. Avant de mourir dans mes bras, comme une combattante qu'elle était, elle fit un effort extrême et arriva à murmurer dans un dernier souffle :
— Potemkine...
Consterné, je reposai doucement sa tête sur le pavé et me redressai. J'appuyai sur la touche « contacts » de mon téléphone et sélectionnai le numéro de Faroux.

5

La panthère n'est pas privée

Le soleil implacable léchait les façades des immeubles ; les vieux tombaient comme des mouches. Les forges de l'enfer s'étaient invitées sur Pantruche, et nul ne savait quand le diable aurait son comptant de combustible. J'avais passé une partie de la nuit au Quai des Orfèvres pour dicter ma déposition à Stéphanie Faroux. En dire le moins possible sans tomber dans la rétention d'informations était devenu pour moi un exercice familier, mais la commissaire n'avait pas la patience de son père. Pour autant, elle avait besoin de moi pour éclaircir certaines zones d'ombre de l'affaire. En contrepartie, elle me couvrait, ce dont je me serais bien passé en regard des températures annoncées par la météo.

Je poussai la porte du bureau en eau, mais pas encore lessivé, la technicienne de surface étant en congé pour la semaine. Ce qui tombait mal pour Kardiatou, qui s'affairait à remettre en ordre ce qui ne l'avait jamais vraiment été, plus encore depuis le passage de la panthère en treillis. À quatre pattes sur le sol, ma secrétaire ramassait les documents épars. À la vue de l'infime morceau de satin couleur champagne bordé de dentelle d'un blanc immaculé, tendu sur son valseur café au lait, niché dans le sillon profond qui menait au seul paradis que ma religion reconnaissait, je tressaillis. Elle se retourna au bruit de mon soubresaut et me regarda avec une expression qui n'appartenait qu'à elle, que je m'étais toujours refusé à cerner. Cela faisait longtemps que j'avais choisi mon camp : celui des déserteurs. Elle se releva avec souplesse, élégante dans sa robe blanc cassé, perchée sur des plateformes boots assorties de seize centimètres, en totale opposition vestimentaire avec la panthère qui avait mis le boxon dans le bureau. Pourquoi donc l'image de cette femme basanée au regard farouche, avec son petit cul musclé, me revenait-elle en boucle, alors que j'avais devant ma pomme la plus belle des madones ?

— Ça va, patron ? C'est la chaleur, je vous apporte un verre d'eau.

Consciente de l'effet dévastateur qu'elle provoquait sur ma personne, elle ne m'épargnait pas pour autant. Je lui jetai mon œil noir de détective de choc mâtiné de velours, pour ne pas trop la blesser mais marquer le coup.

— Tout va très bien, ça va passer. Les températures n'ont rien à y voir, ça me fait toujours cet effet toute l'année, et vous le savez.

Comme à son habitude, Kardiatou fit semblant de ne pas comprendre et continua son rangement.

— Regardez-moi ce bazar, une véritable tornade. C'est bien dommage que vous ne l'ayez pas attrapée, cette garce. Et ça tombe juste la semaine où Waja a pris ses vacances.

— Je compatis, pas d'bol. Mansour n'est pas arrivé ?

— Si, il est au petit coin.

— Tu n'es pas obligée de donner tous les détails de ma vie, Ka, fit Mansour en entrant à son tour dans le bureau.

Originaire du 9-3, Bondy Nord, exactement, Mansour Kébaïli avait le même âge que Kardiatou. Père mécanicien, mère kabyle, il était bien gaulé, la gueule à Roschdy Zem en plus jeune, beau gosse sachant en jouer sans ostentation, un peu voleur pour les bonnes causes autant que pour les mauvaises, dealer de savonnettes pour l'hygiène, un chouïa balance – on ne choisit pas son signe du zodiaque –, mais seulement avec les salopards, c'était un bon assistant sur lequel je pouvais compter, sauf les billets.

— Salut, Nestor. Paraît qu't'as besoin d'un coup de main ?

— Salut, caïd. Assieds-toi. Plus que ta main, j'aurais besoin de quelques infos, et j'ai pensé à l'une de tes relations.

Mansour se cala dans un petit fauteuil en velours vert wagon, placé face au bureau de Dali.

— Je t'écoute, chef.

— Est-ce que tu es toujours en contact avec Yves Marchand, le mec de la DGSE ?

— Ça fait un bail que je ne l'ai pas vu. Je sais juste qu'il a pris du galon et qu'il bosse toujours aux Tourelles.

— Il est maître-nageur ? demanda ma secrétaire, qui écoutait tout en classant des dossiers.

— On parle de la caserne des Tourelles, pas de la piscine, répondis-je.

Mansour se tourna vers la jolie môme avec un sourire qui se voulait carnassier, mais, à l'arrivée, bienveillant.

— Si tu veux, je peux t'apprendre le papillon, j'ai de bonnes notions.

— Le papillon ? Tu parles, tu serais capable de me noyer pour pouvoir ensuite me faire du bouche-à-bouche, ironisa-t-elle.

Je grimaçai. Je savais que Kardiatou avait déjà flirté dans le passé avec Mansour, et je ne voulais strictement rien savoir et rien entendre à ce sujet.

— Recentrons-nous, s'il vous plaît, les enfants. Vous irez faire trempette après si vous le désirez, vous choper des verrues et des champignons dans ces bouillons de culture que sont devenues les piscines municipales, où tout le monde pisse et crache sans modération. Mais pour l'instant, on se concentre.

— Ahhhhh, patron ! Mais c'est dégueulasse ! Pourquoi vous dites ça ? Maintenant, je ne vais plus oser aller me tremper, lâcha ma secrétaire.

— Désolé, mais les Tourelles, c'est une piscine privée, patron, pas une piscine municipale. Même qu'elle a été construite pour les Jeux olympiques d'été de 1924, rectifia le dealer.

Je gueulai :

— Comment tu sais ça, toi ? Et puis, je m'en fous, vous allez me lâcher avec cette pistoche ! C'est la canicule qui vous rend cons ou quoi ? Pour votre gouverne, j'ai une enquête à mener et, pour l'instant, je nage !

— Ah ! elle est bonne, Nestor, je la resservirai, lâcha Kardiatou.

Les deux échangeaient à présent un sourire complice. Ils avaient pris ma remarque pour une plaisanterie à trois balles, j'étais dépité. Le natif de Bondy Nord, sentant un léger flottement, revint à nos moutons.

— Il y a deux mois, j'ai vendu à Marchand quelques barrettes, il en avait besoin pour piéger un keum.

— Très bien. Je voudrais que tu le contactes et que tu lui demandes ce que signifie pour lui « Potemkine ». Si c'est un code en lien avec le MIT, notamment.

Mansour ouvrit grand ses yeux marron clair mordorés.

— Potemkine ? Et le mythe de quoi ?

Kardiatou s'esclaffa :

— Mansour, t'es un bolos. Le cuirassé Potemkine ! Et le MIT, les services secrets turcs ! Il faut tout t'apprendre.

Une heure plus tard, je roulais en direction de la rue des Vignoles avec l'idée d'aller à la pêche auprès des autochtones du quartier. Je voulais vérifier si personne n'avait remarqué quelque chose de suspect, un petit détail, le soir de l'assassinat de Seryal Zera, la frangine du journaliste empoisonné. Je roulais pépère boulevard de Charonne, m'enquillai la rue des Haies et tankai la 500 non loin des Bains-Douches. Le bâtiment, style Art déco, offrait une esthétique intéressante avec ses briques rouges, ses colonnes et ses mosaïques bleues. Décidément, après l'historique de la piscine des Tourelles, la journée s'annonçait aquatique. Je remontai la rue de la Réunion, qui m'amena à la place du même nom. Écrasée par le soleil, la place n'offrait pas un arbre sous lequel se protéger, juste un banc et du sable avec, en son centre, une fontaine Wallace, en plus grande et plus moche, et surtout hors service, un véritable scandale avec cette chaleur. Cette dernière avait été repeinte par des tâcherons pointillistes sous acide en jaune tacheté de touches bleues, vertes et blanches, le tout offrant une vision instable de l'art de rien pour rien. Ruisselant sous mon blouson léger, qui servait principalement à cacher mon holster et le soufflant qui se trouvait dedans, je dirigeai mes pompes en daim retourné droit sur l'hôtel de la Chope. Cet établissement, en ce jour de potentielle insolation, ne pouvait mieux porter son nom. J'avisai une table qui venait de se libérer, protégée du soleil par la toile bleue du store, à l'angle de la place de la Réunion et de la rue de Terre-Neuve, et commandai un demi-citron. Mon but était de quadriller le quartier entre le boulevard de Charonne, la rue des Haies, celle de la Réunion ainsi que la rue Alexandre-Dumas, en terminant par l'impasse des Souhaits et le 33 de la rue des Vignoles. Cependant, le meilleur des stratèges ne peut dompter les éléments. La foudre frappe sans discernement, la flotte ne tombe jamais là où il faudrait, les piafs chient sans se soucier des retombées, le soleil balance ses paniers de crabes sur ses victimes hilares, qui en redemandent. Tout comme une panthère, échappée du plus triste des zoos, peut se poser sur une chaise voisine de la vôtre sans que vous ayez eu le temps d'improviser la moindre riposte. En reconnaissant la veste de treillis, je plongeai ma main à l'intérieur de mon blouson.

— À votre place, je ne ferais pas ça, monsieur Burma. Vous voyez le point rouge sur mon front ?

Je remarquai en effet un point laser qui dansait sur son visage, avant de disparaître comme il était venu.

— À présent, il est pointé sur le haut de *votre* crâne. Une camarade vous tient en joue derrière son viseur.

J'essayai d'imaginer une solution de repli. C'était bien le diable si je n'arrivais pas à me tirer de ce mauvais pas sur une terrasse de café aussi bondée. Mais ce genre de combattantes ne devaient pas s'embarrasser de principes. Les dégâts collatéraux provoqués par leurs actions n'entraient sans doute pas en ligne de compte, sinon dans leur ligne de mire. Seule la réussite de l'opération devait avoir une signification à leurs yeux. Autour de nous, des enfants mangeaient des glaces, des mamans riaient, des hommes en chemisette picolaient en commentant le dernier match du PSG. La moindre improvisation de ma part pouvait transformer cette joyeuse assemblée en champ de bataille.

— Qu'est-ce que vous voulez ? Cela ne vous a pas suffi de mettre mon bureau à sac ?

— Je n'ai pas trouvé ce que je cherchais, monsieur Burma.

— Arrêtez de m'appeler « monsieur », ça me fout les nerfs. Mon prénom est Nestor.

— OK, Nestor. Nous allons monter tous les deux. Vous m'avez sérieusement facilité la tâche en choisissant ce bar-hôtel, je loue justement une chambre au-dessus. Mais d'abord, vous allez placer votre arme dans ce journal.

Elle me tendait un exemplaire du *Parisien*. Voyant que j'hésitais, elle me signala qu'un point rouge venait d'éclore sur le lobe de mon oreille gauche et, d'après elle, ce n'était pas un bouton de moustique. Je m'exécutai et glissai mon flingue dans le canard.

— Maintenant, suivez-moi. Et n'oubliez pas qu'il y a une *sniper* qui vise votre nuque.

Elle ouvrit une porte indépendante du bar, qui donnait sur la place de la Réunion, et me fit passer devant. Elle sortit le québécois du journal, qu'elle serrait à présent dans son poing. Nous montâmes les marches jusqu'au second étage, où elle me somma d'entrer dans une chambre meublée très simplement. Je reconnus l'odeur du parfum musqué qui planait dans le bureau, après sa visite. Une adolescente de quatorze ou quinze ans était allongée sur le lit. Elle dessinait sur le mur des arabesques à l'aide d'une lampe-jouet. Le point rouge se déplaçait, imitant à la perfection la visée nocturne d'un fusil laser.

— Je vous présente Sermîn, la *sniper* qui assurait ma sécurité. C'est aussi ma fille. Sermîn, tu peux y aller, maintenant.

La jeune fille bondit, nerveuse et fine comme une liane, me décochant au passage un regard noir mâtiné d'un soupçon d'ironie. Elle ressemblait à sa mère.

— Asseyez-vous, Nestor, fit la panthère.

Elle s'adossa dans l'angle derrière la porte, face à la fenêtre ouverte, d'où montait le brouhaha de la terrasse du bar. Je me laissai choir sur l'unique chaise, attendant la suite. Il ne servait à rien de tenter quoi que ce soit devant le canon d'un flingue, même si c'était le vôtre. Ce genre d'engin était d'une fidélité toute relative et se retournait rarement contre celui qui le tenait, sauf quand il s'enrayait. Et le P14-45 ne s'enrayait jamais. De plus, un sens inné de la survie m'indiquait que cette femme, si elle pouvait s'avérer dangereuse, ne m'en voulait pas personnellement. Plus encore, mon thermomètre corporel personnel indiquait avec emphase qu'elle ne me laissait pas indifférent.

— Je m'appelle Malîn Berbang. Je suis une militante

du PKLF[5]. Je reviens d'une longue mission en Syrie, où j'ai combattu sur le terrain. Je suis formatrice et cadre dans ce parti, pour lequel j'officie sous le grade de commandante. On m'a fait revenir du front pour régler certaines affaires ici, à Paris. Je précise que nous n'avons aucun lien avec le PKK, sinon le même désir d'indépendance pour notre territoire, annexé par le pouvoir d'Ankara et ses dérives fascistes. Seryal Zera était membre du PKLF, liquidatrice, précisément. Nous devons absolument récupérer le dossier qui lui a coûté la vie. Il contient toutes les opérations de représailles du MIT contre notre parti, ainsi qu'une liste des noms de nos militants réfugiés politiques en Europe, dont les exécutions ont été programmées par les services d'espionnage turcs. J'ai juste une question à vous poser, Nestor. Je veux une réponse simple et limpide, oui ou non. Est-ce que vous êtes en possession de ce dossier ?

Étonné, je répondis limpidement en argumentant un chouïa.

— Non, bien sûr. Je me suis pointé trop tard. Seryal était trop faible, elle est morte dans mes bras. Elle a juste eu le temps de me dire qu'une femme lui avait pris le dossier. Nous avions convenu par téléphone qu'elle devait me remettre ce dossier afin que mon ami Niki Java le publie dans son journal.

Les yeux noirs de Malîn Berbang brillaient intensément. Il était difficile de deviner ce qui se passait dans sa tête. Elle donnait l'impression d'une maîtrise totale sur les choses et les événements.

— Le contenu de ce dossier ne doit être publié en aucun cas.

---

[5] Parti kurde de libération de la femme.

Pour un coup médiatique, remplacé aussi vite le lendemain par une autre actualité, nous risquons de perdre de nombreux camarades. Si vous le remettez à la presse, Nestor, vous êtes un homme mort.

Je commençai à réaliser que je m'étais embringué dans une histoire qui n'était pas de mon ressort. Les enquêtes criminelles ou de mœurs participaient à mon quotidien. Mais les assassinats politiques, les services secrets avec leurs immondes barbouzes, les intérêts stratégiques et militaires, très peu pour moi. Il fallait que je me tire vite fait de ce pétrin.

— Je vous ai dit que ce dossier n'était pas en ma possession. D'ailleurs, je ne comprends pas : si vous ne vouliez pas que la presse soit alertée, pourquoi Seryal, membre de votre mouvement, était-elle prête à le confier à Niki Java, un journaliste ? Et puis, initialement, ce dossier était en possession du PKLF, il suffisait que Seryal, ou son frère Zafer La Vaisselle, vous le remette. Qu'est-ce qui s'est passé ?

Malîn Berbang me dévisagea un moment. Elle me sondait, pesant le pour et le contre quant à l'opportunité de me répondre en disant la vérité, tout simplement. Ce qui était loin d'être simple pour quelqu'un qui devait perpétuellement mentir afin de se préserver.

— Seryal Zera n'était pas la sœur de Veysel Zafer. Et ce dernier n'était pas journaliste, mais un agent du MIT, infiltré dans la cellule parisienne du PKLF. Sa mission était de récupérer ce dossier, composé de copies que votre ami Niki Java avait réussi à imprimer par l'intermédiaire d'un contact à l'ambassade turque.

— Quoi ? Mon pote Niki, un espion ? Je n'y crois pas une seconde. Vous pensez faire avaler ça à qui ? Sûrement pas à moi. Je connais Niki depuis toujours. C'est totalement absurde !

— Pas un espion, mais un maître chanteur.

Je lui aurais bien répondu que Niki chantait comme une bille, mais la panthère était en guerre et ne semblait pas dans la meilleure des dispositions concernant l'humour.

— Impossible. Niki est un journaliste qui aime son taf. Avant de picoler, c'était un grand reporter. Il comptait sur ce dossier pour revenir aux affaires et signer un bon papier. C'est mon pote, mon frangin, je le connais : il était sincère.

— Votre ami vous a roulé dans la farine, Nestor.

Elle en connaissait, des expressions franchouillardes d'un autre siècle, pour une Kurde. Et si c'était moi qui me faisais rouler dans la farine par une grande sœur des cités, de celles qui ne se voilent pas la face pour obtenir ce qu'elles veulent ?

Elle reprit :

— Niki Java avait découvert que Veysel Zafer était un agent du MIT. Il voulait 100 000 euros contre la remise des documents compromettants. Il n'y avait pas seulement le contenu du dossier qui était explosif, mais tout ce micmac faisait passer l'ambassade turque à Paris pour une passoire, et c'était du plus mauvais effet pour le pouvoir d'Ankara.

Je notais que Malîn, qui l'était sans conteste, citait toujours le pouvoir d'Ankara sans jamais nommer le nom du dictateur. Comme si elle se refusait à reconnaître la victoire du nouveau maître de la Turquie. Et puis, Malîn Berbang... C'était quoi, ce nom de guerre à la noix ? Pas vraiment bandant. Mais il s'avéra que c'était bien son état civil.

— Désolé, Malîn, mais je ne marche pas. Niki ne mange pas de ce pain-là. D'ailleurs, il ne mange rien, sinon des perroquets liquides.

— Je connais effectivement son vice, j'ai eu l'occasion de le rencontrer en compagnie de Seryal. Cette sotte s'était amourachée de lui. Ah, les Français ! Elle était même prête à le suivre par amour dans son chantage et à abandonner le combat. Finalement, j'ai empoisonné Veysel Zafer, qui était venu avec la rançon, puis j'ai mis les papiers d'identité de Niki Java dans ses poches. Ce qui m'attriste le plus, c'est que Seryal soit partie sans savoir que Niki était vivant.

Je n'arrivais pas à déterminer le vrai du faux dans cette confidence servie par la commandante avec les accents les plus sincères. Cette femme était démoniaque. Certains éléments de son discours pouvaient tenir la route, mais comment croire à cette histoire de pognon ? Et Seryal, prête à abandonner le combat de sa vie pour suivre par amour un pochetron ? Essayer de me faire avaler de telles inepties était une insulte à mon intelligence. Je décidai toutefois d'entrer dans son jeu, car c'était elle qui tenait le flingue.

— Ainsi, le PKLF a conservé le dossier et récolté les 100 000 euros en bonus.

— On peut l'entendre de cette manière, mais il ne nous reste que l'argent, vu que Seryal s'est fait déposséder du dossier. À présent, je ne sais plus qui détient les documents, mais il me faut les récupérer à tout prix. Comme je refuse à imaginer que vous êtes de mèche avec votre ami Niki Java, je cherche une autre piste. Mais une petite voix me dit de ne pas trop m'éloigner de vous.

Je frissonnai malgré moi.

— Attendez, vous pensez sérieusement que j'ai dessoudé votre copine pour récupérer le dossier et le vendre aux services secrets turcs ?

— Je ne pense rien, je suggère. Vous êtes peut-être un très grand comédien et un piètre maître chanteur.

— Malîn, ne jouez pas à la plus maligne.

— Elle est éculée, Nestor.

— OK, alors arrêtez votre char. Je suis un détective privé, ni plus ni moins. Vous croyez que j'aurais alerté les keufs si j'étais mêlé au meurtre de votre amie Seryal Zera ? Tout ce que je peux vous proposer, c'est de continuer l'enquête de mon côté. Si j'ai des *news*, je vous tiens au parfum. Ma seule motivation, à présent, est de disculper mon ami Niki Java, qui vous a fait gagner 100 000 euros, alors que, lui, avec son statut de macchabée, ne peut même pas prétendre au chômage.

Au regard que me lança la panthère, je compris que je venais de marquer un point. Je profitai de ce léger avantage pour lui demander quelques précisions.

— Vous dites que c'est vous qui avez empoisonné Zafer La Vaisselle ? Il n'y avait pas moyen de procéder autrement ? Remettre cet espion entre les mains des autorités compétentes, par exemple.

— Pour qu'il soit échangé contre l'un de vos agents qui pourrissent dans une prison turque ? Nous sommes en guerre, Nestor, et Veysel Zafer devait mourir. Vous savez comment nous l'avons appâté pour la remise de l'argent ? Il a suffi que Sermîn, ma fille, qui n'a pas quatorze ans, agite son petit cul pour que ce chien remue la queue et vienne sans escorte.

Je n'aimais pas le procédé, je n'aimais pas ce qui se tramait dans cette affaire, je n'aimais rien dans cette enquête qui puait à plein nez.

Malîn reprit :

— Et quand je dis « chien », ce n'est pas totalement exact. Veysel veut dire « loup » en turc, ça vient de l'arabe *uveys*. Et Zafer veut dire « victoire ». La victoire des Loups gris, la branche jeunesse du MHP, le parti nationaliste turc, un parti fasciste.

— J'en ai entendu parler, en effet. Et en ce qui me concerne, vous préconisez quoi ?

Malîn Berbang me sourit ; c'était la première fois. Elle avait des dents blanches comme l'émail de gogues tout neufs, pas comme des chiottes à la turque.

— Je préconise la confiance. S'il s'avérait que je me suis trompée, alors le PKLF prendrait ses responsabilités. Mais, dans l'immédiat, je propose le repos de la guerrière.

Devant ma surprise, elle posa le *gun* sur la table de nuit et commença à se désaper.

— Ne me dites pas que je ne vous plais pas, Nestor. Les femmes sentent ce genre de chose.

Pour l'instant, elle n'avait encore rien senti. Mais, à mon corps défendant, il m'était impossible de masquer ce qu'elle voyait comme une évidence. Tout en muscles, sa peau tirait vers le cuivre, et ses seins menus avaient les pointes dures et brunes. Une taille de guêpe, les poils noirs et lustrés taillés court, des fesses haut perchées étonnamment rondes, la commandante avait du chien. Mais, c'était plus fort que moi, je n'arrivais pas à me l'imaginer nue dans le désert en Syrie, plutôt en train de prendre un bain de soleil à la piscine des Tourelles.

6

Les barbouzes sont dans le bain

Planqué derrière mes Ray-Ban, je laissai filer ma 500 vermillon sur l'avenue Gambetta, direction la porte des Lilas. La matinée s'annonçait, comme les journées précédentes depuis trois semaines, chaude et irrespirable. Il n'y avait pas un brin d'air sur la capitale, et le 20e arrondissement n'y coupait pas. À la radio, on priait les Parigots de se déplacer le moins possible, de rester chez eux la tête dans le frigo, de boire de l'eau, de porter des fringues mouillées et de se laisser sécher devant un ventilo. La pollution avait atteint des sommets anormaux, la circulation des véhicules était alternée pour les diesels et les tires qui marchaient à la gazoline. Je garai la Fiat aux abords de la piscine Georges-Vallerey, que les anciens connaissaient surtout sous le blaze de piscine des Tourelles. Ce nom avait été piqué à la caserne qui se trouvait juste en face. Le stade nautique était composé d'un bassin olympique de cinquante mètres sur vingt et un à ciel ouvert, accessible pendant toute la saison d'été. Mon copain Franck, avec qui j'avais pratiqué le water-polo dans ma folle jeunesse, officiait dans la place comme maître-nageur sauveteur.

— Monsieur, je vous demanderai de passer à la douche avant d'entrer dans le bassin, s'il vous plaît.
— Pourquoi ? Ça sert à quoi de se mouiller avant, puisque la flotte est par nature mouillée ?
— C'est pour l'hygiène de chacun et ça peut éviter l'hydrocution.
— Vous insinuez que je suis sale, c'est ça ?
— Je n'insinue rien, jeune homme, je vous demande simplement d'appliquer le règlement. Maintenant, si vous ne voulez pas vous y plier, j'appelle un vigile, ce n'est pas plus compliqué que ça.
— Oh, polope ! On se calme ! Mansour, qu'est-ce que tu fais chier le maître-nage, il fait juste son job. Excuse-le, Franck, il est avec moi. C'est un jeune keum des cités, pas vraiment éduqué, pas totalement mal élevé, juste mal équarri, « la flotte est mouillée », tu vois le topo. Je m'en occupe.

Je montais deux échelons plus haut sur le perchoir pour serrer la pince à mon pote en lui décochant un clin d'œil de gagneuse.

— Merci, on se voit plus tard.
— OK, Nestor. T'as encore du boulot avec ton stagiaire.

Et j'entraînai plus loin Mansour, qui ne pensait plus qu'à une chose : balancer un gros pain dans sa gueule, au Franck.

— Même pas en rêve, mon garçon, ce type a été champion du monde de boxe française.
— Facile, y a qu'en France qu'on pratique ce sport de vieux.
— Ça fait quand même quelques licenciés à sécher avant d'aller chercher le titre. Moi, j'y réfléchirais à deux fois.

— La savate, tu parles d'un sport. En kick-boxing, il tient pas un round, ce bouffon.

— Arrête ton sketch de petite frappe, tu sais que tu avais tort. D'ailleurs, t'habites à Bondy ?

— Non, je la tiens en laisse.

Et nous rîmes comme des bossus. Cette vanne éculée était un code entre nous quand l'un des deux avait déconné, une façon de s'excuser. Mansour opina du chef.

— OK, j'avoue que j'ai été un peu naze sur ce coup et ça me fait mal au cul de le reconnaître. Tu sais comment ça se passe : tu merdes, et après tu ne veux plus lâcher, tu t'enfermes. Mais le plan du mec des cités, pas éduqué, mal élevé, mal équarri, la flotte est mouillée, là, j'ai trouvé que t'abusais, Nestor.

— Bon, tu vas prendre une douche et tu me rejoins.

— Quoi ? Mais je suis propre !

— T'es surtout un bolos. Je sais que t'es propre, c'est pour te calmer les nerfs, garçon.

Et tandis que Mansour s'éloignait en ruminant vers les vestiaires, j'observai les gradins, qui avaient une capacité de mille cinq cents places au moins. J'avais passé de bons moments à la piscine des Tourelles. Plus jeune, avec les copains, on venait souvent piquer une tête, mais c'était avant les travaux de réfection. À une époque, il y avait même des saunas, et je venais y suer avec ma copine Virginie. Je me souvenais notamment d'une soirée organisée par le dirlo de la piscine, un cleptomane qui gardait les bijoux perdus par les clients. Un des membres du groupe de rock qui animait la soirée était entré dans un sauna en gardant son Perfecto et ses Doc Martens. On avait dû appeler le Samu pour le réanimer.

Mes souvenirs s'évaporèrent illico quand j'aperçus Kardiatou se diriger vers moi. Elle portait un maillot de bain une-pièce avec des fruits exotiques imprimés dessus, des mangues, des bananes, des ananas, et d'autres plus rares encore. Tous les regards masculins convergèrent vers elle, comme autant de moustiques faméliques qui auraient repéré un diabétique. Leurs dards pointaient particulièrement vers son joufflu, que le tissu avait un mal fou à contenir.

— Mais qu'est-ce que vous faites là ? Vous allez créer une émeute.

— C'est plus tenable au bureau, patron. Il fait 43 °C, je suis toute mouillée sans même bouger. Quand j'ai appris que vous étiez à la piscine avec Mansour, j'en ai profité. Au moins, avec vous deux, je ne serai pas embêtée.

— Faites-moi plaisir, chérie, nouez cette serviette autour de vos hanches.

— Hein ? Vous ne voulez pas que je me baigne en djellaba, non plus ?

— Vacherie, vous vous êtes donné le mot ou quoi ? C'est pas possible, je vais devenir chèvre.

— Vacherie, chèvres... Nestor, votre bestiaire est de plus en plus vintage, vous devriez vous mettre à la page. Un soir, il faudra que l'on fasse les magasins, tous les deux. C'est comme ce boxer-short, je ne sais pas, il est vraiment... *too much*.

Dix minutes plus tard, nous étions attablés tous trois et *too much* à la cafétéria, dans un coin à l'abri des regards.

— Bien, Mansour, au rapport. Qu'est-ce que tu as trouvé du côté de Marchand ?

— Avant toute chose, il m'a appris un truc qui m'a scié.

Yves Marchand, de la DGSE, a joué dans le film *Le Maître-nageur* comme figurant.

Ma secrétaire et moi-même le regardâmes ostensiblement, attendant la chute. Mais ce n'était pas celle du Niagara, encore moins celle d'airain de Monica Bellucci.

— Et encore? demanda Kardiatou.

— Rien, c'était juste une anecdote. Le film est de Trintignant, l'acteur. Mais là, il était uniquement metteur en scène. À noter que l'actrice Stefania Sandrelli fait aussi partie de la distribution.

— Et ce film a été tourné aux Tourelles, c'est là où tu voulais en venir, lui dis-je sur le ton du type blasé qui percute tout et à qui on ne la fait pas.

— Non, pourquoi? Ils ont tourné dans la piscine d'une grosse villa sur la Côte d'Azur.

Un curieux silence s'installa, troublé par le serveur, qui posa sur la table les rafraîchissements que nous avions commandés.

— Tu as fumé, Mansour? demanda Kardiatou.

— Ka, je fume tous les jours. Bon, pour revenir à Marchand, Potemkine est connu dans les services comme étant un marchand d'armes. Attention, je ne fais pas de jeu de mots foireux avec Yves Marchand d'armes. Potemkine est un trafiquant tout-terrain. Il travaille surtout avec le Moyen-Orient, mais peut livrer dans les cités si la quantité est importante. Il traite aussi bien avec les Turcs qu'avec les Kurdes. Comme tous les trafiquants d'armes, il n'a aucune idéologie, un client est un client, et le MIT en fait partie.

Tout en écoutant Mansour, j'essayais de faire le lien entre Potemkine, le MIT et le dossier volé. Si les services secrets turcs avaient récupéré leur bien, pourquoi Seryal Zera, au moment de mourir, avait-elle mentionné le nom de Potemkine ? Ce dernier était-il un agent turc ? Ce qui était sûr, c'est que le MIT était omniprésent dans cette affaire.

— Et où peut-on trouver ce Potemkine ? Ne me répond pas à Odessa, ou je te fous à la baille.

— C'est tout le problème, personne ne connaît son visage. Il circule uniquement en moto et semble insaisissable. C'est du moins ce que prétend Marchand.

— S'il se fait appeler Potemkine, on peut imaginer qu'il a des origines russes ou ukrainiennes, suivant le camp où l'on se place, lâcha Kardiatou.

Mansour remua la tête en signe de dénégation.

— Chez les voyous, les petits noms renseignent surtout sur le tempérament et les fantasmes du type, pas forcément sur les origines. Dans le film *Romanzo criminale* de Michele Placido, un mec du gang se fait appeler le Libanais, alors qu'il est rital. Tout ça parce qu'il fume du libanais toute la journée.

Mansour faisait souvent des références au cinéma, des films que, le plus souvent, il était le seul à avoir vus. Je posai ma main sur l'épaule de mon jeune soce.

— Tu aurais dû faire projectionniste, Mansour. Ça paie moins que dealer, mais au moins, c'est un métier passion. Et Marchand ne t'a pas donné un indice concernant l'endroit où l'on serait susceptible de croiser ce Potemkine ?

— Il aurait de nombreux points de chute, mais la DGSE lui connaît surtout une planque dans le 20e. L'appartement serait au nom d'une croulante.

— C'est peut-être sa mère. C'est quoi, l'adresse et le nom de la vieille ? demandai-je en sortant mon carnet à spirale.

— Marchand doit me les filer contre une info.

— Et alors, qu'est-ce que tu attends pour lui filer son info ? S'il te demande de troquer, c'est que tu l'as sûrement dans le magasin.

— Non, justement, je ne suis pas Huggy-les-bons-tuyaux. Celle-là, je ne l'ai pas en stock. Et il m'a précisé que c'était toi qui lui étais redevable d'une info.

— Il t'a dit de quoi il retournait ? C'est ton contact, pas le mien.

— Je ne sais pas de quoi il parlait, Nestor. Je pense que tu devrais te mettre en rapport avec lui, sinon ça me paraît râpé pour l'adresse du russkof. Et puis, peut-être que je me trompe, mais... j'ai l'impression que tu le connais mieux que ce que tu prétends, le père Marchand.

Je me levai et payai les consos.

— Bon... J'ignore votre programme, mais moi, j'ai du charbon.

— Vous voulez que je vous accompagne, patron ? demanda ma secrétaire.

— Ça va aller, chérie, profitez du soleil. Mansour, quand j'aurai appris où le cuirassé mouille, je te contacte pour la minuterie.

— Tu veux sans doute dire « mutinerie ».

— Tu as raison, Claude François n'était pas un cuirassé, ça se saurait.

— OK, on fait comme ça. Mais je pense qu'il ne faudra pas y aller les mains dans les poches. C'est un gros poisson et il nage dans les eaux internationales.

— On sera armé, ne t'inquiète pas. En attendant, travaille tes longueurs et ne fais pas chier le maître-nageur.

Sur ce, je m'habillai prestement et quittai le stade nautique de ma jeunesse. Je n'eus qu'à traverser la rue pour m'adresser au planton de la caserne des Tourelles. Après avoir montré patte blanche, tchatché avec quelques gradés mal embouchés, soudoyé certains fonctionnaires butés et poireauté dans différents couloirs aux murs pisseux, on m'introduisit enfin dans le bureau d'Yves Marchand, le nouveau boss du service. Il ne me tendit pas la main ; je fis de même.

— Qu'est-ce que tu viens foutre ici, Burma ? Ton assistant est déjà passé, il ne t'a pas fait son rapport ?

Je m'assis devant son bureau sans attendre que le pachyderme me le propose.

— Tu peux me refiler un verre d'eau, s'il te plaît ?

Le gros tendit le bras et puisa un verre en plastique à la fontaine en location installée près de son bureau. J'imaginai qu'avec une telle corpulence, il avait dû jouer le rôle d'une baleine dans ce mystérieux film intitulé *Le Maître-nageur*. J'avalai le contenu du verre d'un trait.

— Son rapport n'était pas assez détaillé. Tu sais comment sont les jeunes, ça bâcle. Et il a oublié l'essentiel, l'adresse du sbire, t'imagines ?

— Il y en a un autre qui a oublié l'essentiel, et surtout d'être réglo : un détective privé de choc ; enfin, c'est lui qui le prétend. Ça faisait un moment que je n'avais pas entendu parler de lui, jusqu'au jour où il a besoin de moi. Alors, il envoie son loufiat. Mais moi, je ne marche plus dans tes combines, Burma, c'est donnant donnant.

— Yves, on ne va pas revenir là-dessus. Je te jure que je n'étais pas responsable de ce pataquès.

— Ne blasphème pas, Nestor, un anarchiste ne jure jamais. Tu es grotesque.

J'observai le bloc de saindoux ruisselant de sueur, les cheveux collés sur le front, la cravate jaune canari dénouée, scotchée sur sa chemise trempée, qui lui rentrait dans les plis du gras. Ce type au teint gris et aux dents jaunes, qui, dans des temps pas si lointains, avait été un bon copain, était en train de m'expliquer que j'étais grotesque.

— Je t'ai filé un numéro qui était valable quand je te l'ai fait passer. Qu'il ait changé entre-temps, qui puis-je ?

— Ça, c'est ce que tu me chantes, mais moi, j'avais dealé le numéro de Carla Bruni, pas celui du service des pompes funèbres de Couilly-Pont-aux-Dames.

— OK, de toute façon, je sais que cela ne servira à rien que j'essaie de prouver ma bonne foi. Alors, tu veux quoi ? Le numéro d'Amy Whinehouse ?

— Tu as toujours eu un humour douteux, Burma. Je te rappelle que c'est toi qui es en demande. Moi, je sais où tu peux trouver le sieur Potemkine.

— Bon, tu veux qui, cette fois-ci ?

Il me tendit sa carte avec, inscrit dessus en pattes de mouche, le nom d'une immense vedette internationale. Il avait ajouté la mention : « Cette carte doit s'autodétruire après lecture ». La vedette était tellement énorme qu'il m'était impossible de prononcer son nom. Je soupirai.

— Quand je pense que la DGSE doit passer par un détective privé pour choper le phone de la moindre starlette... Dis-moi que l'on ne marche pas sur la tête. Qu'est-ce qu'ils foutent, tes potes des RG, quand ils n'emmerdent pas des gamins déguisés en hippies qui veulent sauver la planète ?

— Les RG sont dissous depuis 2008, Burma. Ce qui explique, en partie, pourquoi nos services n'arrivent pas à s'introduire dans ton réseau. Et que je dois m'adresser au seul détective dans l'Hexagone qui arrive à me fournir le numéro de téléphone de n'importe quelle personnalité politique, artistique ou médiatique, valable au moins pendant vingt-quatre heures. Et donc, dans l'obligation de traiter avec l'AFL.

Je haussai les sourcils face au sumo qui me récitait son manuel.

— L'AFL ? Quèsaco ?

— L'agence Fiat Lux, patate !

Le gros avait marqué un point. Je sortis mon calepin électronique, et non celui à spirales que j'utilisais au quotidien, pianotai quelques données que j'étais le seul à avoir en tête et lui fournis le numéro attendu. En contrepartie, il me griffonna l'adresse de Potemkine sur un Post-it. Nous nous quittâmes bons amis. On connaissait trop de trucs l'un sur l'autre en rapport avec la sureté nationale, la raison d'État, les mensurations réelles de la princesse Charlene Wittstock de Monaco, le grand banditisme, l'industrie lourde, et tous les trafics possibles et inimaginables dans le monde civilisé. En Russie, nous serions traités comme des héros ; ici, nous passions pour des quasi-délinquants indispensables à la bonne marche de la démocratie.

7

Potemkine et l'esprit d'escalier

La nuit venait de tomber. Je planquai depuis vingt quatre heures dans la 500, côté pair de la rue de la Bidassoa, entre Ménilmontant et Gambetta. Stationné en descente, non loin de l'école communale des filles, prêt à décaniller, j'avais le regard rivé sur une façade ne payant pas de mine avec ses fissures et son crépi qui tombait par plaques. Les parties communes de l'immeuble en question n'avaient rien à envier à l'extérieur, à l'image des boîtes à lettres rafistolées qui pendaient. J'avais repéré un nom à contenance italo-popof, Mme Lambretta Ivanova, mais rien n'indiquait qu'elle ait un lien avec Potemkine. Aussi bien le soutier s'appelait Martingale, était loin d'être un âne et se prenait pour un prince, même s'il ne savait pas situer la mer Noire. Quand j'avais du temps à tuer, à défaut de congeler ce dernier pour en profiter lorsque je serais mort, je jouais avec les mots, ce qui insupportait Kardiatou ; mon côté « Vermot-lu », disait-elle.

Le 20e était un arrondissement populaire par excellence. Des Russes, ici ? Le quartier n'était pas assez clinquant pour ces foutus nouveaux riches buveurs de vodka. Je regardai machinalement le cadran de l'iWatch, quand un gros cube couleur noir mat ralentit devant le numéro que je surveillais. Le pilote, grand et costaud, sa carrure amplifiée par les protections de son blouson de motard, tourna lentement la tête. Sa vision panoramique intégra forcément dans le décor ma voiture de cirque. Peut-être aurais-je dû me garer plus loin ? Mais il était trop tard pour entamer un nouveau créneau. Le motard hissa son monstre sur le trottoir, coupa les gaz et immobilisa l'engin sur sa béquille. Tout en conservant son casque noir à visière fumée, il s'engouffra dans le hall. Je sortis de la Fiat et me ruai sur ses talons. La minuterie était HS. Potemkine montait quatre à quatre les marches disjointes en s'éclairant à l'aide de son smartphone. Je le suivais prudemment, me guidant uniquement avec la rampe branlante, scrutant ostensiblement l'obscurité afin de repérer l'étage où l'homme en noir finirait sa course. Une odeur de chou-fleur et de pisse mêlés flattait les narines. Entre chaque palier, j'enjambais tout un bordel d'objets hétéroclites posés sur les marches, comme autant d'obstacles qui participaient à une stratégie de défense. Cela confirmait qu'il n'y avait pas que des rats, des chiens galeux, des chats borgnes et des cafards qui vivaient dans ce taudis, mais aussi des hommes en très mauvais état. Je n'osais pas imaginer à quoi ressemblait l'intérieur des appartements. Pendant mon ascension, une question me taraudait : pourquoi un trafiquant d'armes à l'échelle internationale avait-il choisi un tel gourbi pour crécher à Paname ? Entre une suite dans un palace et ce nid à punaises, il y avait une marge que le Bosphore ne pouvait contenir. Pour seule réponse, j'entendis le bruit métallique d'une porte qui se refermait au quatrième étage. Je ralentis le pas ; je n'avais échafaudé aucun plan. Initialement, je voulais juste loger le trafiquant, ce qui était chose faite. Pour la suite des opérations, le bon sens aurait été que je retourne au bureau faire le point avec Mansour afin d'organiser un braquo dans les règles de l'art ou une descente accompagnée de gros bras, dans l'hypothèse de mettre la main sur le fameux dossier. Mais le bon sens avait été pris de vitesse par le sens interdit. Je n'avais pas imaginé planquer aussi longtemps et le manque de sommeil m'empêchait d'avoir le discernement adéquat. À présent, j'avais la hantise de perdre les traces du cuirassé. S'il me repérait d'une façon ou d'une autre, il pouvait aussi vite repartir avec les documents, et je n'avais aucune chance de le suivre avec l'engin qu'il chevauchait. Peut-être que je me montais le bourrichon. Aussi bien le marchand d'armes s'apprêtait-il simplement à dîner en compagnie de sa daronne et à passer la nuit sur place.

Arrivé au quatrième étage, je m'immobilisai devant une lourde blindée. Je restai de longues secondes plongé dans le noir à réfléchir. Une porte de forteresse dans un immeuble aussi dégueulasse me confortait dans l'idée que Marchand ne m'avait pas baladé. Pour prendre de telles dispositions, Potemkine avait forcément des trucs à cacher. J'en étais à mes réflexions quand l'intro de *Tranche de vie* par Hubert-Félix Thiéfaine retentit. Je pestai : j'avais encore oublié de mettre mon téléphone sur vibreur. Instinctivement, je sortis mon flingue et éteignis mon mobile, ayant juste le temps de voir le numéro de Kardiatou s'afficher. La donzelle devait s'inquiéter, son vieux gonze n'avait pas rappelé alors que je la tenais régulièrement au courant de l'évolution de mes filatures. Elle connaissait l'adresse de Potemkine, peut-être allait-elle prévenir Mansour. Mais ce n'était pas avec des «peut-être» que j'allais faire avancer mon enquête. Je descendis prestement les marches avec l'espoir de ne pas me faire repérer. Arrivé au troisième, je butai contre un panier qui contenait des boules de pétanque. Elles rebondirent dans l'escalier, m'accompagnant dans ma chute, provoquant un raffut de tous les diables. La sonnerie de mon téléphone semblait être passée inaperçue, sans doute grâce à la double épaisseur capitonnée de la porte blindée. Mais la partie de boules entamée au troisième, si elle n'excitait pas la libido des locataires de l'immeuble, avait titillé mon client du quatrième. La porte blindée s'ouvrit, accompagnée d'une lumière violente émise par les ampoules de l'escalier. Sonné, ébloui et surpris, je me relevai péniblement, rageant en mon for intérieur. Ce fumier actionnait la minuterie de chez lui et pouvait ainsi organiser ses pièges à sa guise sur les marches de l'escalier. Il me vint à l'esprit qu'il pouvait aussi être le propriétaire de l'immeuble et vivre seul dans ce nid à rats. Concernant un mafieux russe, ma déduction n'était pas totalement délirante. On pouvait difficilement rivaliser avec les champions du monde du mauvais goût et de la vulgarité réunis. À leur décharge, quand on avait survécu à un cloaque de cette ampleur à coups de dents pour devenir trop vite trop riches, il n'était pas aisé de péter dans la soie sans y laisser des plumes. Cependant, ce n'était pas Potemkine qui me toisait, mais une nana entre deux étages et deux âges, bien mise et bien mûre, qui avait sans aucun doute été très belle en son temps. Elle pointait sur moi un derringer, ce minuscule flingue à un coup, sans barillet, fabriqué à l'origine pour les *ladies* afin qu'elles puissent se défendre ou trucider leur prochain sans que le joujou prenne trop de place dans leur sac à main. Ce *gun*, peu précis, faisait tout de même des trous au point d'avoir flingué le président Abraham Lincoln. Et j'imaginai que la mère d'un trafiquant d'armes savait tirer parti au maximum de ce genre d'outil, aussi petit soit-il. Tout en retrouvant doucement mes esprits, j'avais quand même dévalé un étage en roulé-boulé, et je cherchai des yeux le québécois que j'avais lâché en voulant me protéger dans ma chute.

— Le samovar est bouillant. Cela vous dit de partager une tasse de thé noir en ma compagnie, monsieur Burma ?

Elle n'avait pas l'accent slave ni le type. En plus, elle connaissait mon identité. Plus de Vingt heures de planque pour en arriver là : tu parles d'un détective de choc ! Si je me sortais de ce mauvais pas sans trop de bosses, il faudrait que je pense à changer l'intitulé de ma carte par : « Nestor Burma, détective en toc. »

— J'imagine que je n'ai pas le choix, répondis-je.

— Bien sûr que vous avez le choix, monsieur Burma, de mourir ou pas...

Ça ressemblait à une réplique de 007. En plus, elle avait de l'humour. J'adorais mon métier. Je gravis lentement les marches sans me départir de ma bonne humeur. Chacun son style. Les Belges avaient Poirot, un gros avec un nom de légume ; les Anglais, Holmes, un toxe agité sous sa casquette à carreaux, ainsi que Bond, un bogoss qui ne répondait que par un code à trois chiffres ; et les Gaulois, Nestor Burma.

— Je crois que je vais m'en tenir à votre première proposition,

surtout si je peux mettre un doigt de Don Papa dans votre potage. Votre fils nous rejoindra ?
— Quel fils ? Je n'ai jamais eu ni voulu d'enfants, Dieu merci. Pour avoir le corps déformé ! Alors, vous montez ?
Elle grimpait de son côté à reculons sans me lâcher des yeux. Elle s'effaça afin que j'entre dans l'appartement. Grande, élégante, chaussée d'escarpins vernis bleu émeraude, elle devait avoir entre soixante et soixante-cinq balais, avec ce qu'il fallait là où il fallait, sans doute liftée, maquillée sans trop charger, et portant une robe griffée. Ses cheveux, d'un artificiel blond platine, s'accommodaient mal à la noirceur de ses sourcils, seule faute de ton, s'il en était. On ne pouvait tricher avec ses origines, elles vous revenaient toujours un de ces quatre matins dans les gencives. Je fus saisi par le faste baroque et rococo de l'appartement, qui occupait tout l'étage. Le contraste avec les parties communes de l'immeuble amplifiait ce luxe tapageur. De lourdes tentures orientales couvraient les murs et d'immenses miroirs en verre taillé, avec leurs cadres peints à la feuille d'or, renvoyaient, comme un immense kaléidoscope, les reflets d'une opulence sûrement bien mal acquise. Les meubles et les bibelots de grande valeur semblaient être agencés comme dans un musée. On avait envie de les soulever à la recherche d'une étiquette mentionnant le prix. Ça sentait la vitrine et la mise en scène, un décor de cinéma à la Bollywood. Derringer m'invita à m'écrouler sur un immense sofa, devant un samovar ouvragé en argent, qui fumait comme une cocotte-minute. La maîtresse des lieux s'installa face à moi, dans un fauteuil Voltaire vert olive aux pieds biscornus. Elle assura

le service sans lâcher sa pétoire miniature. Ce qui m'étonna, sachant Potemkine planqué à quelques pas. Puis, sur un ton badin, elle commença son interrogatoire.

— Alors, qu'est-ce qui vous amène ici, monsieur Burma ?

Je répondis par une question.

— C'est quoi, votre petit nom ?

— Yüksel, « qui excelle » en turc. Je vois que vous avez choisi de jouer la carte du polisson, Nestor.

Elle se croyait à l'abri, mais ne pouvait pas imaginer que, dans un autre contexte, elle m'aurait sûrement plu. J'étais fasciné par les gens passés maîtres dans les apparences, ceux qui jouaient à la roulette russe avec le temps. J'éprouvais surtout une grande tendresse pour les femmes qui avaient été belles à en mourir, désirables à en crever, inaccessibles au commun des mortels ne possédant ni la fortune ni la plastique idoines, et qui, à l'automne de leur vie, se retrouvaient cougars, à chasser le djeun qui aime l'antiquité. Vivre vite, mourir jeune et faire un beau cadavre disait l'homme à la Porsche. Je préférais ma devise : « Vivre jeune, mourir vite et faire de jolies cendres. »

— Je vous trouve terriblement micheton, Yüksel. Peut-être suis-je un peu cavalier, mais nous ne vivons qu'une fois et ça passe tellement vite. J'espère ne pas vous froisser en vous parlant ainsi, belle Orientale.

Qu'est-ce qu'il ne fallait pas raconter pour se tirer d'un mauvais pas ! Mais le résultat pouvait parfois avoir des effets surprenants. Yüksel me bouffait des yeux. Elle posa son flingue près du samovar et se rua sur moi. Froissée, pour le coup, elle le fut. Elle mit tant d'ardeur et de précipitation que nous

nous cassâmes la gueule. Elle saisit ma tête par les cheveux et l'attira contre sa poitrine, avant d'écraser de tout son poids ses obus siliconés sur mon visage. Il me fallut un petit moment pour saisir que cette folle essayait de m'étouffer. Et une bonne poignée de secondes de plus pour comprendre que Potemkine profitait de ce carambolage pour se faire la malle. Je poussai rageusement la vioque et me redressai. Quand je surgis sur le palier, l'homme au casque était quasiment arrivé dans le hall. Je m'étais fait repasser comme un bleu, je l'avais mauvaise en dévalant les marches. Jamais je n'oserais raconter cet épisode à quiconque, sinon un jour dans mes mémoires. Si Potemkine arrivait à démarrer sa bécane avant que je le serre, je savais cette piste définitivement râpée.

J'atteignais le second étage quand une déflagration assourdissante résonna dans la cage d'escalier. Dans le même temps, je reçus du plâtre sur l'épaule. Je compris que Yüksel venait de me canarder avec le derringer. Heureusement pour moi, elle n'excellait pas dans ce domaine et ce flingue ne tirait qu'un coup. Mais, alors que je traversai le hall pourri, un second coup de feu éclata et une balle de 9 mm me rasa le menton gratis. Morbleu, il existait un modèle plus récent, le Remington Arms à deux coups, et c'était celui-ci que la folle possédait. Secoué mais debout, je me ruai à l'extérieur de l'immeuble en courant vers la moto. Cette dernière était couchée sur la chaussée. Non loin, deux hommes se battaient sauvagement. L'un deux avait le dessus. À califourchon sur son adversaire, il le boxait avec un plaisir manifeste. Une fois encore, force était de constater que la notion de combat à la loyale devenait de plus en plus obsolète dans ce pays.

Quand ils ne s'y mettaient pas à dix pour dépouiller une pauvre victime isolée, nous avions droit à ce genre de lutte inégale, où l'un des protagonistes était protégé par des gants en cuir, un casque intégral et un blouson capitonné, alors que l'autre était en short, marcel et tongs. C'est là que je reconnus Mansour, et mon sang ne fit qu'un tour. Dégoûté par un trop grand nombre d'irrégularités en l'espace d'une petite heure, je décidai d'en finir, et pas forcément à la régulière. J'attrapai un tuyau de plomb qui dépassait d'un tas de gravats que des maçons indélicats avaient laissé sur le trottoir, et je tapai avec détermination sur le casque de Potemkine. Le cuirassé, bien que caparaçonné, cessa séance tonnante de distribuer des pains à mon assistant. À la façon dont il se releva d'un bond, ça devait sonner le tocsin sous le couvercle. Ce qui ne m'empêcha pas de continuer de taper comme un sourd sur le casque, les coudes et les tibias du malfrat. Le marchand d'armes hurlait, mais ses cris étaient partiellement étouffés par le casque. Finalement, parce qu'il fallait bien à un moment conclure et que des quidams commençaient à s'agglutiner autour de nous, Mansour lui envoya un méchant coup de pied dans les burnes. Je lançai sur un ton autoritaire :

— Circulez, s'il vous plaît, c'est une opération de police !

— Ouais, ouais, c'est ça, si t'es flic, moi, j'suis Mesrine, répondit un emmerdeur.

Je sortis ma carte professionnelle de détective de choc, qui, malgré l'absence de ruban tricolore, faisait toujours son effet.

— J'ai bien connu Mesrine et il savait prendre ses distances avec la police. Maintenant, circulez et laissez-nous travailler, vous serez gentil.

— Parce que t'es gentil, toi, quand tu t'mets à deux pour dérouiller un mec ?

Mansour, qui avait eu sa part et n'était pas très patient de nature, lui répondit :

— Quarante-huit heures de garde à vue au poste, ça te tente, Mesrine ? Alors, tu caltes !

L'emmerdeur, qui se retrouvait bien seul brusquement, tourna finalement les talons en maugréant :

— L'aut', avec son short et ses claquettes, qui s'prend pour un poulet, j'y crois pas.

Sans perdre plus de temps, avant que les vrais condés ne se pointent, on traîna Potemkine dans le hall, qui sentait la pisse de chat. Puis, Mansour, pressé de découvrir la tête du type qui l'avait démonté, lui arracha le casque. Nous fûmes tous deux très déçus. Pour un marchand d'armes, il n'avait pas vraiment la gueule de l'emploi, à part un tatouage de frimeur représentant un cobra s'enroulant autour de son cou, formant un nœud coulant de pendu avec la tête du serpent, qui terminait tatouée sur son front. Il était blond filasse, devait avoir autour de vingt-cinq piges avec un visage d'ange – un peu sonné –, mais en aucun cas un ange de l'enfer. D'ailleurs, sa bécane n'était pas une Harley, mais une japonaise.

— Vous êtes qui ? demanda-t-il en grimaçant.

— C'est moi qui pose les questions, lâchai-je sur un ton empreint d'une réelle lassitude.

— Vous êtes flics ?

— On peut dire ça comme ça. Je suis un policier privé.

— Un détective ? Alors, je m'en tape, de vos questions. Allez vous faire foutre !

— Je crois que tu n'as pas compris qui je suis, bonhomme, je vais donc t'affranchir. Après, si tu ne comprends toujours pas, c'est que tu es vraiment nazebroque ou que tu as des choses à cacher. Et là, j'aurais beaucoup moins de scrupules à te taper dessus. Nous sommes ici pour récupérer un dossier que tu as piqué à une amie. Tu es jeune, impétueux, bête sans aucun doute, mais peut-être pas au point, je l'espère, de ne pas saisir qu'un manque de coopération de ta part signifierait pour toi une fin atroce.

Le tatoué me dévisageait, le regard halluciné. Il entravait que dalle, trop de mots d'une autre époque pour lui.

— C'est quoi, ce délire ? Une émission de merde ? On est filmés ? Vous déconnez ou quoi ?

C'était souvent le problème quand j'étais trop grandiloquent avec certains individus. Cela pouvait produire l'effet contraire de ce que j'étais en droit d'attendre d'eux. «Vous *prosez* trop, patron», m'aurait dit Kardiatou. Et elle aurait eu raison. Une bonne mandale, et il se mettrait à table. Je répondis à Cobra en lui envoyant le tuyau de plomb dans les dents. Cela me répugnait, mais je l'incitai ainsi à se rendre chez le dentiste, parce que, sa calandre, c'était pas du luxe, et il nous fallait bien avancer.

— J'aimerais déconner, si tu savais. Mais sérieusement, est-ce que j'ai la tête d'un mec qui a envie de déconner ? Tu as tué une jeune femme qui était mon amie, Potemkine. Pour lui dérober un dossier que je dois absolument récupérer. Tu saisis la situation maintenant, fumier ? Après ce que tu as fait, on n'hésitera pas à te crever !

Le type essuya le sang qui coulait de sa bouche, comprenant enfin que je ne déconnais pas.

— Mais... j'ai tué personne et j'ai piqué aucun dossier ! Je ne suis pas Potemkine. Vous parlez du marchand d'armes ?

— D'après toi ? Tu ne te souviens plus dans quel bizness tu trafiques ? lâcha Mansour.

— Mais vous m'avez bien regardé ? Je ne suis pas turc. C'est juste un plan thune. On fait appel à moi, de temps en temps, pour faire la doublure de Potemkine quand il est en déplacement. On est plusieurs motards à faire ça, c'est bien payé. Personne n'a jamais vu sa tête, on doit porter le même équipement que lui. Là, vous m'avez surpris, mais j'étais pas en mission.

Je demandai à Cobra le plus sérieusement du monde :

— Si tu ne connais pas la tête de ton patron, comment peux-tu prétendre que c'est une tête de Turc ? Potemkine, ça sonne plutôt blond, non ?

— Je ne connais pas sa nationalité. Je sais qu'il a vécu à Odessa, c'est tout.

— Moi, je pense que tu le connais très bien. Tu peux nous dire ce que tu venais foutre ici, si tu n'étais pas en mission ? fit Mansour.

Cobra hésita. Mansour saisit le tuyau de plomb que j'avais reposé.

— Je te conseille de parler, tête de nœud. J'ai encore le goût de ce que tu m'as mis dans les dents et je me suis promis de te le rendre avec des intérêts. Et là, tu n'auras plus ton casque et tes protections.

— OK, OK... Mais faut pas que ça s'ébruite, sinon je suis mort.

— C'est nous qui en jugerons, on t'écoute, fis-je.

— Je venais voir Yüksel.

— Quoi ? Tu baises la mère de Potemkine ? Tu n'as pas honte ? éructa Mansour.

— Mais c'est quoi, encore, ce délire ? C'est pas sa mère, c'est une tepu ! Enfin, la chef des tepus.

— Alors, tu dis une mère maquerelle.

Je rectifiai, « chef des tepus » était impossible à mes oreilles.

— Et Potemkine vient la voir souvent ?

— Avant, oui, mais je ne bossais pas pour eux à cette époque.

Je fis signe à Mansour de me laisser continuer à mener l'interrogatoire.

— Comment le sais-tu, qu'il venait souvent, si tu ne travaillais pas encore pour lui ?

— Quand j'étais plus jeune, j'étais client et il m'arrivait de le croiser. Mais je ne savais jamais si c'était Potemkine ou une doublure. Des fois, il restait toute la nuit. Quand c'était le cas, les Turcs nous viraient.

— Ces Turcs, c'était qui ?

— Les macs, mais il y avait aussi des types qui parlaient politique. Un jour, il y a eu une descente de flics et ils ont embarqué tout le monde. Heureusement, j'y étais pas. On n'a pas revu Potemkine pendant un bon moment. Puis, les Turcs m'ont proposé ce job de doublure. C'est comme ça que je suis revenu ici et que j'ai revu Yüksel.

— Cette femme, elle est quoi pour toi ?

— C'est pas ce que vous croyez.

— Je ne crois rien, c'est pour ça que je te demande. Ce qui est sûr, c'est que tu ne viens pas pour prendre des cours de tricot. Tout de même, elle a l'âge de ta grand-mère.

— J'en ai rien à taper, de son âge, elle a toujours été cool avec moi, je viens de la DDASS.

Je marquai un silence. Les pupilles de l'État ne m'avaient jamais laissé indifférent, peut-être parce que mes parents avaient divorcé alors que j'étais encore jeune, et que j'avais perdu ma mère dans la foulée. Ce petit con allait m'avoir aux sentiments. Il fallait que je me reprenne, et vite.

— Je pense effectivement que tu n'es pas uniquement un gigolo, il y a autre chose entre elle et toi. Qu'est-ce que tu as à me dire à propos du dossier ?

— Mais quel dossier ? Je suis au jus de rien, merde ! Entre Yüksel et moi, c'est sentimental et sexuel, si vous voulez. Je ne fais pas partie de leur organisation, je vous jure !

— Quelle organisation ? fit Mansour.

La doublure hésita. Mansour le frappa sèchement sur le genou avec le tuyau de plomb, ça le démangeait. Bien que protégé par une genouillère, le motard se crispa.

— Du classique ! Prostitution, dope, armes.

Je repris la main, sans le plomb, j'avais juste besoin d'un tuyau :

— Et sur le plan politique ?

— Là, j'sais rien. Quand ils parlent politique, c'est toujours en turc.

— Et comment tu sais qu'ils discutent politique quand ils parlent turc, si tu ne comprends pas leur langue ?

— Vous essayez de m'embrouiller, mais je suis au courant de rien pour leurs affaires. Je sais seulement qu'ils haïssent les Kurdes.

— Au point de les assassiner ?

— Ah ! non, non, vous ne me ferez pas dire des trucs que je n'ai pas vus.

— On va vérifier, lève-toi.

— Hein ? Quoi ? Qu'est-ce que vous voulez faire ?

— On va monter voir ta mère.

— Mais c'est pas ma vieille, j'vous dis !

— Ta mère maquerelle, connard ! gueula Mansour en l'incitant à se relever à coups de tuyau de plomb.

— Tu lui diras que tu es seul, que nous sommes partis. Mansour, je passe devant, tu fermes la marche. Je dois récupérer le québécois, je l'ai perdu en tombant tout à l'heure.

— Le Québécois ? C'est qui ? demanda le tatoué, pas vraiment rassuré.

— Un cousin d'Amérique qui n'a ni morale ni pitié, rétorqua Mansour en poussant le motard devant lui.

L'escalier était à nouveau plongé dans le noir. Je montai d'un bon pas, promenant la lampe de mon portable à la recherche du P14-45 Para-Ordnance. Je finis par l'apercevoir, coincé entre deux barreaux de la cage d'escalier. Alors que je me penchai pour le ramasser, mon iPhone m'échappa. J'entendis un cri dans mon dos, suivi d'une cavalcade. La doublure de Potemkine avait profité de l'obscurité soudaine pour se retourner et pousser violemment Mansour, qui était tombé en arrière. Surpris, je cherchais à tâtons mon flingue et mon téléphone dans la poussière. Il ne manquait plus que Yüksel actionne la minuterie et nous arrose avec son derringer, et c'était le pompon. Mais la maquerelle, en dehors de Potemkine, n'affectionnait pas les gars de la marine. Je mis enfin la main sur le phone et le québécois, me sentant tout de suite ragaillardi.

— Ça va, Mansour ?

Pour toute réponse, j'entendis le moteur du gros cube vrombir. Je pointai le faisceau lumineux de mon portable sur mon assistant, qui se relevait en se tenant la nuque. Au loin, le bruit décroissant de la moto ne fit que conforter notre échec.

8

Un singe sur le paletot

La nuit fut courte. Entre cette histoire de dossier volé qui me tarabustait et le mercure qui refusait de descendre, l'insomnie gagnait chaque nuit un peu plus de terrain. La réparation de la climatisation de l'agence Fiat Lux.com me parut brusquement prioritaire. Je bondis du pieu et lançai un café fort. Après une douche glacée, je filai sur l'avenue Gambetta, direction porte de Bagnolet, quand Hubert-Félix me coupa une nouvelle tranche : ma secrétaire commençait à se faire du mouron pour son salaire. Je mis le clignotant et stationnai en double file sur la voie des bus.

— Oui, chérie, que se passe-t-il ?

— Patron, Dieu soit loué, vous êtes vivant !

— Kardiatou, Dieu n'est pas à louer, il est à vendre, et ses vertus semblent de plus en plus être sujettes à caution. Le mieux serait sans doute de ne plus y croire, il y aurait globalement moins de déception.

— Nestor, vous savez que je n'aime pas quand vous parlez ainsi. Mansour m'a dit qu'on vous avait tiré dessus ?

— Ni plus ni moins que d'habitude. Heureusement, la flingueuse était dure à la détente. Pendant que je vous tiens au bout du fil, mon bouchon, si vous pouviez relancer le type de la clim, je n'ai pas fermé l'œil de la nuit. Sinon, je ne pense pas avoir le temps de passer au bureau ce soir.

— Vous êtes sûr que c'est la clim qui est la cause principale de vos nuits blanches, patron ?

— La clim, peut-être pas, la panne sans aucun doute. Je n'avance pas fort sur mon dossier et ça me turlupine, et, pendant ce temps-là, je ne dors pas. Je vous laisse, mon petit, un bus se pointe et je ne tiens pas à me faire rayer la carrosserie. On se voit demain.

La Fiat bondit pour emprunter la rue des Pyrénées. J'avais rendez-vous avec Malîn Berbang à son hôtel, elle devait me confier des infos qu'elle se refusait à me communiquer par téléphone. C'était pour elle une façon de mêler l'utile à l'agréable, et je n'étais pas contre. La terrasse de l'hôtel de la Chope était à bloc. Je poussai la porte qui menait aux chambres et gravis les marches avec souplesse. Alors que je m'apprêtais à frapper à la lourde, j'entendis une voix masculine baragouiner une langue qui n'était pas des plus agréable à mes oreilles. J'en déduisis que cela devait être du turc. Mais c'était idiot de ma part, j'étais incapable de faire la différence entre du turc et du kurde. Je pouvais tout aussi bien me tromper, comme Malîn me trompait avec l'un de ses soldats. Immobile, je me tâtais entre l'ennemi turc et l'amant kurde, une situation qui n'était pas des plus confortable, quand un bruit de coup, suivi d'un cri étouffé, fit pencher la première option, à moins que ce ne soit une séance sado-maso. Dans le doute, je tournai doucement la poignée de la porte, mais elle était fermée de l'intérieur. Je pris mon élan et cognai violemment le panneau avec mon épaule. Le loquet céda et le battant s'ouvrit avec fracas.

Le spectacle de bondage qui s'offrit à mes yeux me révulsa. Malîn était ficelée à une chaise, complètement nue. Plusieurs zébrures marquaient ses seins et un linge lui emplissait la bouche pour l'empêcher de crier. Elle me regarda avec des yeux terrifiés, sans qu'aucune larme ait coulé. Face à elle se tenait une espèce de gorille, aussi large que haut, le poil noir hirsute débordant par poignées de l'échancrure de sa chemise trempée de sueur. Ses petits yeux cruels luisaient comme des olives siciliennes enfoncées dans ses orbites. Il serrait dans son poing une large ceinture en cuir cloutée. En m'apercevant, il se rua vers sa veste posée sur le lit, mais je l'en empêchai en lançant ma jambe, lui administrant un fouetté latéral gauche qui le fit vaciller, suivi d'un chassé frontal qui lui fit très mal. Mais, si la savate-boxe française n'était pas faite pour les singes, celui-ci, fort comme un Turc et taillé comme un catcheur, encaissait bien les coups. Je continuais mon travail de sape en lui balançant un revers fouetté et un coup de pied bas, qui le déséquilibra. À présent, je dansais devant lui à la façon d'un Cassius Clay, sans l'arrogance de son talent, me tenant à bonne distance, sachant que, s'il m'attrapait, il me broierait comme une noix dans un étau entre ses bras courtauds et poilus. Brusquement, sa ceinture siffla et la boucle me caressa la joue, me procurant un picotement qui se transforma en une brûlure à la limite du supportable. La douleur me ramena au corps supplicié de Malîn. Transposant le coup que je venais d'encaisser avec ceux qu'elle avait reçus sur ses mamelons bruns étrangement dressés, je vis aussi rouge que ma bagnole. Et, au risque de me louper et de me faire massacrer, j'assénai un uppercut sous le menton du tortionnaire, lui arrachant au passage la ceinture des mains. Le gorille s'écroula de tout son long sur le parquet avec un bruit de quartier de viande qui choit. Je le rouai alors de coups de latte dans les côtes et le bide. Je parachevai mon intervention à l'aide de sa ceinture, le fouettant à tour de bras. Le porc couinait, mais je ne m'arrêtai que lorsque je fus persuadé qu'il s'était évanoui. Puis, je lui attachai les poignets derrière le dos à l'aide de la ceinture et me précipitai vers Malîn pour lui retirer de la bouche sa culotte, ainsi que ses liens. Après avoir posé sa veste de treillis sur ses épaules, je la soulevai dans mes bras avant de l'allonger sur le lit. Elle resta accrochée un moment à mon cou en me remerciant.

— Merci, Nestor. Il allait me tuer. Si tu n'étais pas intervenu, j'étais morte.

— Je vais t'emmener aux urgences.

— Non, tu sais bien que c'est impossible. Ne t'en fais pas, j'ai ce qu'il faut ici. Une combattante se déplace toujours avec une trousse de premiers secours. Mais l'urgence du moment est de se débarrasser du Loup. Ensuite, de débarrasser le plancher, maintenant qu'ils savent où je loge.

— Un loup... Ce type me fait plutôt penser à un croisement entre un singe psychopathe et un nazi.

— Tu n'es pas très loin, c'est un Loup gris, une secte fasciste. Je t'en ai déjà parlé.

— Il était là pour t'exécuter ? Ce fameux programme dénoncé dans le dossier ?

— Sa mission première était de récupérer ce dossier. Le

MIT pense que le PKLF l'a toujours en sa possession. Comme j'étais bien en mal de répondre autre chose que la vérité –, à savoir que j'ignore où il se trouve –, il m'aurait fatalement éliminée. Maintenant, je dois me soigner et quitter cette chambre au plus tôt, sinon je ne vais pas faire de vieux os.

Et pendant que Malîn passait de la pommade sur ses plaies, je fermai le clapet du gorille à l'aide de plusieurs tours de sparadrap. L'animal se mit à gigoter en me lançant un regard de tueur. Je le calmai en lui administrant un coup de crosse derrière la terrine. J'avais dans l'idée qu'après ce qu'elle avait subi, Malîn allait vouloir lui faire la peau. Mais, comme je ne voulais pas être mêlé à une exécution, je lui proposai d'attacher le singe à l'aide des liens qu'il avait lui-même utilisés et de prévenir la police avant de partir.

— C'est effectivement ce que l'on va faire. Ce type est recherché par Interpol pour plusieurs meurtres. Je préfère le savoir à l'ombre plutôt que de l'avoir sur le paletot jusqu'à la fin de mes jours.

Le singe sur le paletot, c'était une bonne image... Et tandis qu'elle se tortillait pour enfiler son jean trop serré, je lui demandai :

— C'était quoi, les infos dont tu voulais m'entretenir ?

— Je ne peux rien te dire devant cette ordure.

Je me tournais vers le singe, qui semblait dormir.

— Ça m'étonnerait qu'il nous entende dans l'état où il est. Est-ce qu'il comprend seulement le français ?

— Bien sûr. Ces types sont des agents dormants disséminés dans toute l'Europe. Ils sont payés pour exécuter les Kurdes sur commande. À ce propos, je ne peux prendre aucun risque.

Et, d'un geste rapide, elle sortit de l'une des poches de sa veste une arme à canon court équipée d'un silencieux. Le Loup gris, qui faisait semblant d'être dans le cirage, ouvrit grand ses olives. Son visage abîmé suait à grosses gouttes. Il s'agita et couina comme un cochon sauvage que l'on va saigner. Malîn s'approcha de lui et, sans la moindre compassion, lui logea deux bastos dans la tête. Cela, avant même que j'aie le temps de comprendre et de faire le moindre geste.

— Putain ! Malîn, tu m'avais dit qu'on appelait les flics. C'est... c'est vraiment pas réglo.

— Je t'ai menti. Je ne voulais pas que tu compliques les choses. De savoir ce porc vivant, même dans une cellule, je n'aurais plus jamais fermé l'œil. Le MIT se serait débrouillé pour le faire libérer.

— Mais ça ne change pas ta situation, c'est même pire.

— Le pire, c'était qu'il reste en vie, il en aurait fait une affaire personnelle. Cela fait dix ans que je suis condamnée à mort par le pouvoir turc.

— N'empêche que c'est une exécution sommaire, sans jugement.

— En tant que commandante du PKLF, je l'ai jugé coupable et condamné à mort. Tu veux que je te dresse la liste de ses exactions, principalement les viols et les tortures sur des jeunes filles mineures ?

Je me sentais brusquement nauséeux, regrettant amèrement d'avoir accepté cette enquête.

— Tu as ta voiture ?

— Où veux-tu aller ? Je ne suis pas sûr de vouloir t'accompagner.

— Tu prends tout ça trop à cœur, toujours ce romantisme français.

— Fais pas chier avec notre romantisme. Sans la Révolution française, tu n'en serais peut-être pas là.

— Je préfère ce genre de discours. Nous sommes en guerre, Nestor. Les femmes du monde sont en guerre contre les hommes de cet acabit.

Elle montra du menton, avec le plus grand dédain, le cadavre du singe. On pouvait lire dans son regard farouche une détermination à toute épreuve. Elle était belle dans sa violence, mais elle me filait vraiment les jetons. Et puis, sa guerre n'était pas la mienne. Tous les hommes ne ressemblaient pas à l'ordure qu'elle venait de descendre, j'en étais un bon exemple.

Elle reprit :

— Je dois d'abord trouver un hôtel avant d'aviser. Ensuite, je te parlerai de Potemkine.

— Tu as vraiment des révélations à me faire au sujet de Potemkine ? Ce ne sont pas des craques pour me pousser à t'aider ?

Je n'avais aucunement confiance en elle, surtout après ce qu'il venait de se passer. J'hésitais entre la suivre ou me faire la jaquette.

— Des révélations à me faire, tu parles comme un flic. Nous ne roulons pas pour les mêmes idéaux, mais notre ennemi est commun. Je vais te dire tout ce que je sais sur Potemkine, et j'en sais beaucoup, sans doute trop pour ma sécurité. Tu es prêt à partager ce fardeau ?

Je passai outre à ce chantage, j'avais depuis longtemps franchi la ligne rouge. Finalement, nous laissâmes le singe terminer sa sieste et je cueillis la commandante dans ma 500. Je la déposai dans un hôtel borgne mais propre, rue de Belleville. Esturgeon, le patron, se faisait payer en caviar. Malîn lui promit cinq cents grammes contre son silence et sa protection dans le cadre de l'hôtel. Je savais qu'elle tiendrait parole, c'était une soldate, une meneuse d'hommes, une femme d'honneur. Esturgeon, qui était un mec bien, l'installa dans la chambre la plus discrète, côté cour.

Historiquement, Belleville était un quartier ouvrier. Pendant un siècle et demi, il avait hébergé des entreprises industrielles, des ateliers, de petits métiers spécialisés dans la maroquinerie, la fringue, les machines-outils. Concernant les mélanges de populations, c'était un véritable vivier. Dès la fin de la Grande Guerre, les premiers migrants arméniens, polonais et juifs d'Europe centrale s'y étaient installés. Puis, les Maghrébins dans les années 1960, les Asiatiques dans les années 1980 et, enfin, les Antillais et les Africains subsahariens dans les dernières décennies.

J'étais descendu acheter une bouteille de raki chez un épicier arabe pour fêter l'installation de Malîn. Tandis que je faisais le service, elle se déloqua totalement sans complexe pour se passer à nouveau de la pommade sur ses blessures. Elle aurait pu se contenter de retirer son chemisier, elle n'avait pas été frappée plus bas que la poitrine. De la voir se balader ainsi nue me déconcentrait. Après l'épisode du singe, je n'avais pas la tête à la bagatelle. Je m'assis sur une chaise et tendis mes guibolles en soupirant.

— Alors, au sujet de Potemkine, je t'écoute.

Elle reposa le tube et me fixa tout en se massant les seins

afin de bien faire pénétrer la pommade. Elle pinçait et tirait les pointes pour me faire bisquer.

— Comme tu le sais, Potemkine est un trafiquant d'armes. Il est originaire d'Odessa, en Crimée, sur la mer Noire. C'est un juif, pro-russe. Accessoirement, il est aussi le père de ma fille Sermîn, que tu as entraperçue. Il fournit en armes le MIT sur toute l'Europe, ainsi que le PKLF. Ce qui fait dire à certains qu'il a le cul entre deux chaises. Moi, je le vois plutôt entre le marteau et l'enclume.

— À défaut de faucille.

— Potemkine n'a aucune morale politique, c'est un mercenaire ; il fournit aussi les Ukrainiens. La seule chose à laquelle il tienne dans ce monde, c'est Sermîn, notre fille. Ce qui explique pourquoi il continue à honorer les commandes du PKLF, malgré la pression des Turcs.

— Comment tu as pu tomber amoureuse de ce type ?

— Qui t'a parlé d'amour ? Ça s'est passé ainsi, à une période de ma vie. Sermîn est née, nous la protégeons chacun à notre manière. Elle aime son père. Celui qui cherche à lui faire du mal est notre ennemi.

— Vous avez donc un ennemi commun, les Turcs.

— Pas les Turcs en général, seulement les dirigeants actuels, les barbouzes du MIT et les Loups gris.

— Mais le bizness est plus fort, et Potemkine continue à fournir en armes le MIT.

Malîn confirma en se mordant la lèvre inférieure et en haussant les épaules. Potemkine était donc ukrainien, et non turc comme le prétendait l'ange tatoué, qui devait être mouillé jusqu'au cou de son cobra dans cette affaire.

— Le père de ta fille est vraiment complexe. Quel était son intérêt à piquer ce dossier ? Le garder par-devers soi pour protéger Sermîn contre d'éventuelles exactions du MIT ou des Loups gris ?

— Excellente déduction, détective Burma. Mais je mettrais ma main à couper que ce n'est pas lui. Jamais Potemkine n'aurait assassiné froidement Seryal Zera. Et, s'il s'était procuré le dossier par un autre canal, il me l'aurait remis en main propre.

— Celle qui n'est pas coupée.

Elle sourit jaune. Je vidai mon verre de raki d'un trait et laissai mon esprit vagabonder. Je constatai que, si j'en savais un peu plus sur Potemkine, je me retrouvais à la case départ concernant mon enquête.

— Tu penses à quoi, Nestor ?

— À rien, sinon que je continue à pédaler dans la semoule.

Malîn s'approcha et pivota, me présentant son magnifique fessier.

— Tu peux me passer de la pommade dans le dos ?

Tandis que je m'exécutai, elle s'assit avec délicatesse sur mes genoux.

— Là, je ne vais plus être très efficace.

— Oh que si, Nestor.

À la guerre comme à la guerre, je n'étais pas fait de bois, et la nuit portait conseil. J'aimais les dictons à la con quand ils allaient dans mon sens.

9

Boxon à la française

En arrivant à l'agence, j'étais sur les rotules. La température sur la capitale venait à nouveau de battre son record, et ce n'était que le matin. En poussant la porte du bureau, j'étais comme un zombie qui ouvrait un frigo de la morgue qu'il savait vide, ou un vampire qui avait loupé le bus de minuit. Je m'attendais à être séché sur place par la vague de chaleur avant que mes cendres s'envolent par la fenêtre, emportées par le vent brûlant du désert. Mais rien de tel ne se passa. En entrant dans la pièce, j'éternuai.

— Ah, patron, vous voilà. Vous avez remarqué ?

— Que vous êtes plus belle de jour en jour, mais surtout qu'il caille !

— J'ai fait réparer la clim ! Je n'en pouvais plus de vous voir dépérir, et je n'allais pas passer l'été à la piscine des Tourelles. Alors, j'ai pris sur moi, j'ai cherché dans les pages jaunes le réparateur le plus proche. Je me suis mise sur mon 31 et j'ai ramené un jeune apprenti dans la foulée. Son patron m'a fait passer en priorité, pourtant il y avait une sacrée liste d'attente. Certains clients râlaient, d'autres étaient plus magnanimes. La plus virulente m'a traitée de dévergondée. Si j'étais sortie de mon rôle, je l'aurais giflée. Il faut dire que j'ai un peu joué la comédie en racontant que mon papa était malade et qu'il n'allait pas passer l'été si personne n'intervenait. Le patron a coupé court en disant à son employé : « La petite demoiselle est dans l'ennui, tu fais ça bien, qu'on ne soit pas embêtés. »

— Et il a fait ça bien, je suppose.

— Vous ne sentez pas le résultat ? Même que vous vous enrhumez.

— Alors, c'est qu'il n'a pas fait ça bien, puisque j'attrape la crève.

— Mais arrêtez de ronchonner, patron, il faut juste régler le thermostat. J'ai poussé la machine à fond pour vous faire la surprise.

— Et ça a coûté cher, cette petite histoire ?

— Rien ! On a trouvé un terrain d'entente.

— Comment ça ?

— J'ai pris sur moi, je vous ai dit.

— Kardiatou... non... je ne veux rien savoir.

— Il ne manquerait plus que ça. Je vous demande, moi, où vous avez passé la nuit, avec les cernes que vous avez sous les yeux ?

Cette petite pointe de jalousie réciproque nous fit le plus grand bien.

— J'espère que vous vous êtes sacrifié pour votre enquête. Ça avance ?

— J'ai fait chou blanc. Habillez-vous, je vous amène faire une virée.

— Je ne suis pas nue, non plus.

— C'est tout comme, avec cette jupe qui ne cache rien et

vos talons aiguilles. On ne va pas visiter un plombier, il faut que vous soyez plus sport. Allez-vous changer dans la piaule, je vous attends.

J'avais attribué à ma secrétaire une petite commode dans ma carrée qui jouxtait le bureau. Kardiatou y remisait quelques toilettes personnelles et accessoires pour les besoins de certaines enquêtes, quand je lui demandais de jouer un rôle qui n'était pas le sien. Celui d'une jeune fille en détresse, dont la clim vient de lâcher en pleine canicule, par exemple. Elle revint vêtue d'un pantalon léger à motif vichy, d'un tee-shirt blanc sur lequel on pouvait lire « Du rosé et des garçons », ainsi qu'une paire de tennis couleur pistache.

— Ça se passe où, la virée ? Je prévois un pique-nique ?

— Pas besoin, y a un plat du jour juste à côté, vous serez raccord avec les nappes.

La Fiat de cirque se cabra comme jamais : elle adorait quand les formes atomiques de Kardiatou épousaient ses sièges baquets.

— Vous allez finalement me dire où nous allons, patron ?

— Visiter la cougar qui a la détente facile.

— Quoi ? Celle qui vous a tiré dessus ?

— Ne vous inquiétez pas, je vous couvrirai. Si elle me voit dans le judas, elle ne m'ouvrira pas. Et comme son appartement est équipé du même modèle de porte blindée que la Banque de France, je n'ai pas le choix. Je suis persuadé qu'elle cache le dossier que je cherche, sinon pourquoi aurait-elle essayé de m'éliminer ?

— Ça ne serait pas plus simple d'envoyer la commissaire Faroux avec un mandat de perquisition ?

— Chérie, on passe à l'ennemi ? C'est mon enquête, nom d'une pipe en bois !

— Au fait, à propos de pipe...

Je me tournai vivement vers ma secrétaire, je ne voulais pas entendre un mot de plus. Devant mon regard furibond, elle pouffa :

— Oh ! cette tête, patron ! Bon, je vous disais, en rangeant le bureau après le passage de la tornade kurde, j'ai trouvé une pipe avec une tête de taureau. Ça vous dit quelque chose ?

J'observai Kardiatou avec un sourire attendri.

— Patron, regardez la route.

— Je l'avais égarée. Vous l'avez retrouvée, c'est bien. C'est une vieille histoire. Un jour, je vous la raconterai.

— Donc, vous êtes heureux que j'aie mis la main sur votre pipe.

— On ne saurait mieux dire, Kardiatou.

Je garai la 500 rue Boyer, non loin de *La Maroquinerie*, à la fois salle de concert et resto, où j'eus longtemps mes habitudes lors de ma période branleur. Je me propulsai hors de la caisse afin d'ouvrir la portière à ma secrétaire.

— Sa Majesté est à pied d'œuvre.

— Merci, patron. N'en rajoutez pas, tout de même, j'ai un peu honte.

— C'est quoi, cette tire, m'sieur ? me demanda un ado avec un skate et une casquette à l'envers.

Mansour aurait répondu sans coup férir : « C'est la bagnole que Léon a fait repeindre quand il a touché le fond dans *Le Grand Bleu*. »

Ce qui ne l'aurait pas plus renseigné sur le véhicule ni

incité à regarder le film. C'est pourquoi je restai coi.

L'immeuble rue de la Bidassoa n'avait pas pris une ride depuis la veille, où j'avais été reçu en fanfare à coups de derringer. L'entrée du hall était ouverte aux quatre vents.

— Qu'est-ce que ça sent mauvais ! lança Kardiatou.

J'allumai mon portable.

— Passez devant, sans lâcher la rampe, je vous couvre.

— Merci, j'ai suffisamment chaud comme ça. Vous ne regrettez pas de m'avoir demandé de me changer ?

— Du tout, je connaissais le terrain et je ne voulais justement pas solliciter mon vieux cœur. Quand on y sera, vous sonnez et vous vous faites passer pour une nouvelle locataire qui cherche Mme Yüksel, pas la maquerelle, ça va de soi. Le but est qu'elle ouvre son coffre-fort, je m'occupe du reste. Maintenant, motus et bouche cousue jusqu'au quatrième.

Le souffle court, nous commençâmes notre ascension. Il faisait une chaleur étouffante. Malgré nos précautions, on entendait les marches disjointes craquer sous nos pas. Je remarquai que les obstacles posés sur chaque palier avaient disparu. Kardiatou me regarda avec ses yeux verts et sonna. De longues secondes s'égrainèrent dans un silence de plomb. Elle recommença plus nerveusement. La main sur la crosse de mon pistolet, les oreilles grand ouvertes, je me tenais à l'affût, prêt à bondir. Après une attente stérile qui me vrillait les nerfs, je suggérai à ma secrétaire de se présenter. Elle frappa avec le poing sur le panneau en acier et cria :

— Y a quelqu'un ? Je suis une nouvelle locataire et j'aimerais parler à Mme Yüksel, la maquerelle !

Un blanc immobilisa la scène, comme un arrêt sur image.

— Mince... la conne ! Mais que je suis bête, chuchota Kardiatou.

Je la regardai, plein d'incompréhension.

— Je n'irais pas jusque-là, mais vous pourriez prétendre au titre.

— C'est votre faute, aussi, avec vos vannes à trois francs six sous. Je finis par me prendre les pieds dans le tapis.

— C'est pourquoi je vous ai demandé de ne pas garder vos talons aiguilles, mais il faut croire que cela ne suffit pas.

— Vous êtes en train de me dire que je suis une idiote intégrale, hein, patron ?

— Je ne me permettrai pas, chérie. De toute façon, cela ne porte pas à conséquence, il semblerait que l'oiseau se soit envolé. Ce qui me paraîtrait logique après le barouf qu'on a fait hier.

— Et maintenant, quelle est la marche à suivre ?

— La même, mais en descente, sans se faire descendre, en rasant les murs et en s'éloignant le plus possible de la rampe. C'est dans la même configuration qu'hier, la maquerelle a allumé la minuterie et ensuite bibi. Mais là, le québécois veille. Et si elle me fait ièch, la morue, je lui envoie une dragée dans le buffet.

— La vulgarité ne vous sied guère, Nestor.

— Assez palabré, on se tire.

Nous arrivions au second étage quand je remarquai, à la faveur du faisceau lumineux émis par mon iPhone, que l'une des deux portes du palier était entrouverte.

— Kardiatou, stop !

Elle se retourna, les yeux interrogateurs, alors que je poussai la porte avec la pointe du pied. Une clarté grise s'immisçait derrière les vitres crasseuses de l'appartement. Les volets brinquebalants étaient ouverts. Ma secrétaire me suivait de près.

— Comment peut-on vivre dans un tel taudis ?

En effet, l'appartement composé de trois pièces était des plus sordide. Les papiers peints fanés par le temps cloquaient et pendaient par endroits. Leur couleur d'origine louchait vers un jaune moutarde à rayures verdâtres, mais, avec l'humidité et le salpêtre, cela donnait un jaune pisseux. Le parquet en chêne, noir de crasse, était criblé de brûlures de cigarettes. Il n'y avait quasiment aucun meuble ; seul un lit en fer occupait chaque pièce. Ces derniers étaient recouverts d'immondes paillasses tachées dans lesquelles grouillaient des punaises de matelas. Des paravents chinois déchirés cachaient des bidets mobiles fêlés. Un miroir brisé pendait de guingois au mur de la salle d'eau et les goguenots étaient bouchés.

— Nestor, je vous attends en bas, je pourrai difficilement en supporter plus.

— Attendez, princesse, je crois que nous ne sommes pas arrivés au bout de nos surprises.

Mon flingue toujours serré dans mon poing, je fis glisser sèchement une vilaine tenture, qui couina sur une tringle rouillée, découvrant une porte dérobée. Cette dernière ne possédait pas de serrure. Je tournai la poignée en faïence jaunâtre et actionnai l'interrupteur. Un escalier de service en colimaçon desservait tous les appartements de l'immeuble.

— Kardiatou, je crois que j'ai trouvé la solution pour entrer chez la maquerelle. Toute forteresse a une faille.

— Nestor, c'est peut-être dangereux.
— Détective privé est un métier dangereux, je le savais avant de signer.
— Signer quoi ? Vous êtes le patron.
— Signer les factures et les salaires.
— Bon, si vous me prenez par les sentiments, je vous suis.

La porte de service de l'appartement de Yüksel était fermée de l'intérieur. Après quelques coups d'épaules virils, les vis qui tenaient le verrou éclatèrent le bois et se désolidarisèrent du panneau. La porte donnait sur une cuisine équipée, dont les placards avaient été démontés. On remarquait les traces de ces derniers sur le carrelage mural aux motifs mauresques. Toutes les pièces de l'appartement kitsch avaient été vidées de leur contenu. La maquerelle s'était fait la malle en emportant jusqu'à la dernière petite cuillère. Je préconisai de fouiller partout, le moindre indice pouvait avoir son importance. Nous retournâmes ainsi tout ce qui pouvait dissimuler la moindre trace, un semblant d'élément qui pourrait nous amener au dossier qui avait coûté la vie à Seryal Zera, sinon aux activités des Turcs. Mais nous ne trouvâmes rien, juste de la poussière et des coquillettes qui étaient tombées derrière la cuisinière. Je n'en pouvais plus de piétiner, de frôler les protagonistes de cette affaire sans arriver à démêler quoi que ce soit. Pour me calmer les nerfs, je démontai quelques lattes du plancher qui auraient pu servir de planque, en vain. Yüksel s'avérait être une flingueuse qui ne valait pas un caramel mou, mais excellait dans les déménagements à la cloche de bois ne laissant rien de compromettant derrière. Dépité, j'allais abdiquer quand, par intuition, je décidai de jeter un œil dans les autres appartements avant de partir. L'immeuble était composé de quatre étages et d'un rez-de-chaussée occupé par un ancien local commercial transformé en dépotoir. Il y avait deux appartements par étage. Celui où nous nous trouvions occupait toute la surface du quatrième, il en restait donc cinq à fouiller. Ce fut rapide et concis, les portes de service ne possédant aucun verrou, hormis celui du quatrième que j'avais explosé. L'état et l'agencement des pièces étaient à l'identique du premier appartement que nous avions visité : des nids à cancrelats. Cependant, un détail me mit la puce à l'oreille. Tous les puciers étaient du même modèle, des lits en fer que l'on trouvait dans les institutions religieuses ou militaires. Je me posai la question à haute voix.

— Pourquoi ces pageots sont tous identiques ? Aucun meuble, aucun bibelot, pas d'affaires personnelles.

— Peut-être que tout l'immeuble a été déménagé en même temps que celui de la maquerelle, fit Kardiatou.

— Non, regardez la poussière sur le sol. Il n'y a aucune trace qui indiquerait que les meubles ont été poussés. Encore moins de traces de pas, hormis les nôtres. À croire que ces familles avaient le même mode de vie. Mais qui peut vivre dans ces conditions ?

— Peut-être que ce n'étaient pas des familles qui vivaient ici, patron.

— Vous pensez à des réfugiés, des sans-papiers ? Des marchands de sommeil qui se faisaient du fric sur le dos de ces malheureux ?

— Non, je pensais à d'autres malheureux, en l'occurrence des malheureuses.

— Vous avez un truc à me dire, je le sens, chérie. Je vous écoute.

— Nestor, ce n'est tout de même pas à moi de vous donner des détails dans ce domaine. Qui dit maquerelle, dit...

— Bordel ! Bien sûr, cet immeuble est un ancien bordel. Toutes les piaules qui se rejoignent et la reine des abeilles qui recevait dans son salon. Ensuite, les clients retrouvaient les filles en passant par l'escalier de service. Kardiatou, *que serais-je sans toi qui vins à ma rencontre. Que serais-je sans toi qu'un cœur au bois dormant. Que cette heure arrêtée au cadran de la montre. Que serais-je sans toi que ce balbutiement...*

— Un poème d'Aragon : ce sont au moins les prémices de la déclaration d'un détective de choc à sa secrétaire, ou alors c'est à n'y rien comprendre.

— Vous venez surtout de me faire comprendre une réalité qui s'impose seulement maintenant à mes yeux.

Kardiatou était tout ouïe. Même si ce taudis était le dernier endroit où déclarer sa flamme, quand bien même émanerait-elle du vieux Zippo collector dont son patron ne se séparait jamais, elle n'allait pas faire la fine bouche.

— En effet, chérie, si l'on regarde bien l'agencement des chambres et la misère des commodités, il y a fort à parier que l'on pratiquait ici l'abattage.

Ma secrétaire me lança un regard noir et pesant, comme si je venais de terriblement la décevoir.

— Nestor... vous manquez affreusement de constance. Ou alors, vous plaisantez. Hélas, je n'en suis pas si certaine.

— Vous me connaissez suffisamment pour savoir qu'il

me serait pénible de plaisanter sur un tel sujet. L'abattage est l'une des pires pratiques d'esclavage sexuel qui puissent exister. Les femmes qui subissent ce traitement, quand elles survivent, sont mortes à l'intérieur, sans aucune réparation possible. Et c'est ce qui se passait ici même où nous sommes, j'en suis maintenant à peu près sûr. Les salauds qui montent ces réseaux ne méritent aucune pitié.

— Vous prenez ça très à cœur, patron. C'est rare de vous voir ainsi chamboulé.

— Oui, je suis particulièrement sensible à cette forme de torture. Rien que d'y penser, j'ai la gerbe. On termine par les deux appartements du premier et l'on se barre changer d'air.

Et bien m'en prit, ma ténacité porta enfin ses fruits. Alors que je n'aspirais qu'à fuir cet endroit de malheur, je soulevai une planchette encastrée dans une niche à la tête d'un lit. Le bout de bois, sur lequel devait reposer initialement une lampe de chevet, se confondait avec le plâtre qui s'effritait. Face à sa résistance, je sortis mon Deejo et enfonçai la lame dessous afin de faire pivot. La planchette vermoulue céda et j'aperçus une enveloppe jaunie par le temps. Brusquement, l'émotion m'envahit. Je sentis que ma découverte était primordiale pour mon enquête, que j'étais à un tournant décisif après une trop longue ligne droite pavée de désillusions. Kardiatou m'interpella. Elle tenait une boîte à chaussure cabossée qui débordait de capotes dont la date de péremption indiquait juillet 1987.

— Regardez ça, je n'étais pas née. Ça tendrait à dire que ce bordel existait déjà il y a trente ans. Qu'est-ce que c'est ? Vous avez trouvé quelque chose, Nestor ?

Je tenais l'enveloppe entre mes mains, hésitant à l'ouvrir. Mes sentiments étaient mêlés, entre l'appréhension d'être une fois encore déçu, mais aussi de découvrir un secret que je n'avais pas forcément envie de partager. L'épaisseur de l'enveloppe indiquait un courrier important ou une carte postale.

— Vous ne l'ouvrez pas ?

Sans répondre, je glissai la lame du Deejo et décachetai l'enveloppe. J'en sortis deux photos en noir et blanc qui gondolaient. La première représentait une très jeune fille en tenue légère, porte-jarretelles et nuisette, le regard infiniment triste. La seconde photo montrait la même jeune fille, complètement nue, se faisant prendre sans équivoque par un chauve. Le type arborait un vilain tatouage sur le biceps et regardait l'objectif avec un air salace. La fille, qui se tenait en levrette, pleurait. Kardiatou se pencha par-dessus mon épaule et grimaça.

— Bouuuh, c'est crade.

Je n'arrivais pas détacher mes yeux des clichés. Puis, mon cœur se mit à cogner très vite.

— Nom d'un chien ! C'est pas vrai...

— Qu'est-ce qui se passe ? Nestor, dites-moi, ne me laissez pas sur le bord de la route.

Je restai muet un moment. Je voulais m'assurer de ne pas me tromper. Mais il n'y avait pas d'erreur possible, les clichés étaient nets et bien cadrés.

— Cette fille... c'est Malîn Berbang.

— Quoi ? Celle avec qui vous faites des galipettes ?

— Oui, enfin, c'est un peu réducteur, c'est aussi pour les

besoins de l'enquête. Peu importe. Elle doit avoir quinze ou vingt ans de moins sur ces photos, mais je mettrais ma main au feu que c'est elle. Elle n'a pas changé.

— C'était donc une putain, fit ma secrétaire sur un ton que je n'aimais pas.

— C'était il y a longtemps, Kardiatou. Et plus qu'une putain, je dirais que c'était une victime. Et ça oriente radicalement mon enquête vers de nouveaux territoires. C'est sans doute pour ça que je patauge depuis le début.

Et pour couronner le tout, alors que j'empochais les clichés, je sentis un courant d'air qui passait sous un meuble de rangement à chaussures dont les portes avaient été arrachées. Je poussai l'obstacle et découvris une ouverture devant laquelle on devait s'asseoir pour accéder à un minuscule escalier qui plongeait dans l'obscurité.

— Décidément, cet appartement est une pochette surprise.

— Nestor, ne me dites pas que vous allez descendre ! Ça mène sûrement à la cave et, vu l'hygiène de l'immeuble, il doit y avoir des rats gros comme des chats.

— Désolé, Kardiatou, mais préparez-vous à sortir de la naphtaline votre uniforme d'hôtesse de l'air. Je sens une piste qui va prendre de l'ampleur jusqu'à devenir aussi large que celle d'un aéroport. Je vais enfin voir mon enquête s'envoler. Vous pouvez aller chercher la lampe torche qui se trouve dans la boîte à gants de la voiture, mon cœur ?

10

Le tunnel de la mort

Je pointai la lampe torche sur les marches disjointes. L'escalier maçonné entre le mur de l'appartement et la cage d'escalier de l'immeuble descendait en pente douce. J'imaginai poser rapidement le pied sur de la terre battue revêtant le sol des caves. Il n'en fut rien. L'étroit boyau, qui sentait le renfermé, devint rapidement plus raide. Les marches, taillées dans du granit, suintaient l'humidité. D'après mes calculs, qui consistaient à les compter en évaluant approximativement le degré de la pente, nous devions nous trouver à un niveau correspondant à un second sous-sol de parking. Mais l'escalier continuait inexorablement à plonger dans les ténèbres.

— Patron, il me semble que nous avons dépassé les caves.

— Oui, c'est curieux, j'ai l'impression de descendre à la mine. J'espère ne pas me retrouver face à une rame de métro.

— Je me sens oppressée, j'ai du mal à respirer.

— Vous ne manquez pas d'air d'habitude, chérie. C'est dans votre tête. Si vous étiez claustrophobe, vous n'auriez pas pu arriver jusqu'ici.

— Vous êtes déjà descendu aussi bas, Nestor ?

— Beaucoup plus que ça, trésor, si vous saviez...

Kardiatou s'approcha plus près de moi, au point que je sentais son parfum et son souffle sur ma nuque. Brusquement, un gaspard me passa entre les guitares. Ce qui eut pour effet d'immobiliser net ma descente et de provoquer une collision entre l'opulente poitrine de ma secrétaire et mes omoplates de détective de choc.

— C'était quoi ?
— Un chat.
— Je ne vous ai pas fait mal ?
— J'ai bon dos.

L'escalier débouchait sur un étroit tunnel qui continuait en pente douce. Le sol était sableux. Rapidement, la pente se transforma en faux plat.

— Il me semble que nous remontons sensiblement, je le sens à mes mollets de coq.

— L'important est de ne pas avoir les chevilles qui enflent, patron.

Nous marchâmes dix bonnes minutes jusqu'à une lourde porte bardée de ferronneries médiévales et qui obstruait le tunnel. Je la poussai sans la moindre difficulté et nous pénétrâmes dans une vaste galerie voûtée. Je promenai le faisceau de la lampe sur les parois, quand une ombre noire se déplaça telle une vague. J'eus un mouvement de recul et ma secrétaire serra ses adorables fesses, bien que je ne sois pas idéalement placé pour en attester. La voûte grouillait d'araignées, les plus grosses atteignant la taille d'une mygale. Fasciné, j'observai les bestioles.

— Je propose que vous reveniez plus tard pour les étudier, patron, mais ce sera sans moi.

— On ne soupçonne pas ce que peuvent receler les entrailles de Paris. Je ne serais pas étonné que nous croisions un caïman. Il paraît que des inconscients en ramènent de pays lointains, à peine sortis de l'œuf, et les lâchent dans les égouts quand ils prennent trop de place dans leur salon. Il n'y a pas longtemps, j'ai lu dans un canard que les pompiers en ont repêché un qui faisait trois mètres cinquante.

— Vous n'arriverez pas à m'effrayer, Nestor.

Nous traversâmes la galerie en regardant attentivement le sol afin de ne pas poser les pieds sur un crotale ou un piège à loups. Je remarquai au passage des anneaux fixés au mur à hauteur d'homme et à intervalles réguliers.

— Cet endroit est vraiment glauque. Ça me rappelle un film dont le sujet était la traite des Noirs, fit Kardiatou.

— J'ai bien peur que vous soyez dans le vrai, chérie. Mais là, il s'agirait davantage de traite des Blanches.

— Vous êtes sérieux, patron ? Ah oui, je vois, vous pensez à cet affreux immeuble rue de la Bidassoa. Mais j'imagine que ce tunnel existait bien avant que les Turcs ouvrent leur maison close.

— Sans doute, mais regardez ces anneaux en ferraille. Ils ont été scellés récemment.

— C'est bon, Nestor, j'ai eu ma dose pour aujourd'hui. Je propose que l'on remonte vers la civilisation.

— Ce serait dommage d'être arrivés jusqu'ici pour retourner à notre point de départ. Il y a forcément une sortie. Regardez, là-bas, c'est quoi ?

Et je m'enfonçai au fond de la galerie, la lampe dirigée vers une zone d'ombre.

— Nestor ! Où allez-vous ? Attendez-moi !

Kardiatou s'élança sur mes talons alors que je venais de disparaître sous une arche qui débouchait sur un long boyau. Je balayai l'espace à l'aide de la torche, quand des inscriptions accompagnées de dessins gravés dans la pierre apparurent sur les parois : des messages désespérés, des têtes de mort, des suppliques, des potences avec des corps en forme de balais de sorcières qui se balançaient de façon ridicule. Quelques crobards étaient datés, allant de la Révolution française à la guerre de 1870. Ce couloir semblait avoir servi de cachot à différentes périodes. Une inscription plus récente indiquait : « Mort aux vaches, mort aux cons, vive l'anarchie ! » Plus loin, une grille en fer forgé barrait le passage.

— C'est un vrai jeu de piste, lâcha ma secrétaire en frissonnant.

Je poussai sur les barreaux, qui résistèrent. Une nuée de chauves-souris s'envola, nous frôlant la tête. Kardiatou me tomba dans les bras en hurlant :

— Nestor ! Non ! Pas ça !

— Calmez-vous, ce ne sont que d'innocentes souris qui ont la faculté de voler. Soyons magnanimes, elles sont aveugles. Nous aurions pu déranger des vampires et, là, ça risquait d'être autrement plus saignant.

— Arrêtez ça, patron. Les araignées, je m'en fiche, mais j'ai une sainte horreur de ces bestioles. Maintenant, je veux sortir. Je n'aurais jamais dû vous suivre.

— Je m'y emploie, ma douce, mais faudrait-il déjà que j'arrive à ouvrir cette grille.

— Quoi, elle est fermée ? Mais servez-vous de votre pistolet !

— Il n'y a que dans les films que l'on ouvre les serrures des prisons à coups de flingue.

— Et vous proposez quoi, le cinéphile ?

— Revenir à notre point de départ, mais je vous avoue que cela ne m'enchante guère. Ou alors, appeler un serrurier, mais le réseau ne passe pas. Sinon, il y aurait bien une solution...

Kardiatou me dévisageait, sans perdre des yeux une dizaine de chauves-souris désireuses de revenir à leur base et qui nous frôlaient la racine des cheveux.

— C'est quoi, votre solution, Nestor ? Même si ça demande des efforts, j'y adhère, du moment que l'on ne reste pas avec ces bestioles de malheur !

— Quel effort ? Il faut juste se baisser.

Et j'enjambai un éboulis qui permettait le passage d'un homme, une faille sans doute pratiquée par un prisonnier qui, tout comme nous, n'avait pas les clés. Je tendis la main à ma secrétaire.

— C'est pas vrai, j'y crois pas. Vous êtes un monstre, patron.

— Alors, vous venez, ou je vous laisse avec les vampires ?

La galerie qui suivait était plus petite. J'aperçus dans un coin une ombre qui s'apparentait à un lit. Je dirigeai le faisceau de la torche dessus. Un squelette humain y était attaché à l'aide de cordelettes aux chevilles et aux poignets. Kardiatou se colla à moi. Je sentais son cœur, sous ses pare-chocs, battre à tout rompre. Elle frisait la crise de nerfs.

— On se calme. Il est mort depuis très longtemps. Les catacombes ne sont pas loin, il a dû s'isoler pour se taper une sieste peinard.

— Nestor, arrêtez de me raconter des histoires à dormir debout. La façon dont il est attaché montre à l'évidence que c'est un meurtre. Il faut prévenir la commissaire Faroux.

— Kardiatou, arrêtez de déraisonner, vous voyez bien que c'est une mise en scène grotesque. Et une bonne fois pour toutes, vous travaillez pour la maison poulaga ou l'agence Fiat Lux.com ?

Comme elle claquait des dents, elle ne répondit pas. Je la repoussai doucement et m'approchai. Le sommier était du même modèle que ceux du bordel. Quant au squelette, il était rafistolé avec de la ficelle et du fil de fer, et sa position n'avait rien de naturel. Je haussai les épaules et revins vers ma secrétaire.

— Ce tunnel est aussi tartignole qu'un train fantôme de foire.

— Les trains fantômes m'ont toujours fait peur.

— Mais cela ne vous a jamais empêchée de monter dedans. C'est normal, c'est leur fonction première. Effrayer les oies blanches pour qu'elles se réfugient dans les bras des bellâtres qui ont payé leur ticket.

— Comme oie blanche, je me pose là.

— Désolé, chérie, c'était de l'humour noir. Mais approchez-vous, vous verrez que ce squelette est vieux comme Mathusalem. Il a été déplacé et raccommodé uniquement pour cette mise en scène, qui se veut macabre.

Kardiatou s'avança avec prudence vers le sommier. Quand elle eut vérifié de ses propres yeux que je ne lui racontais pas des salades, elle demanda :

— Mais pourquoi ?

— Pour effrayer les curieux et impressionner les esprits fragiles, je pense.

— Vous restez sur cette idée de traite des Blanches ?

— Les photos représentant Malîn Berbang ne sont pas des montages. Nous avons mis le doigt sur une poudrière. Je ne sais pas encore s'il s'agit d'une histoire de mœurs ou de crimes politiques, mais, assurément, c'est du lourd. Maintenant, il faut qu'on gicle de là. Avec ce que l'on a découvert, on pourrait rapidement devenir des cibles. Et ça me ferait mal au coccyx de remplacer l'autre sac d'os.

— Si vous cherchiez à me faire peur, patron, bravo, vous avez réussi.

— Je m'excuse chérie. Cette fâcheuse habitude que j'ai de penser tout haut...

Mais alors que nous pensions retrouver rapidement l'air libre, nous tombâmes nez à nez sur une ouverture condamnée à l'aide de barreaux encastrés dans la roche. Une paroi montait à la verticale, équipée d'une échelle d'égoutier. Il n'y avait aucune autre issue pour quitter la galerie. Je pointai la lampe torche au-dessus de ma tête, focalisant le faisceau lumineux le plus loin qu'il me le soit permis, sans arriver à déterminer la distance qui nous séparait de la croûte terrestre.

— J'arrive à éclairer sur une dizaine de mètres ; après, c'est le noir complet. Vous pensez pouvoir grimper aussi haut ? Sinon, c'est l'option retour au boxon.

Kardiatou remua la tête en grimaçant.

— Bien sûr, avec le squelette, les araignées et les chauves-souris. Vous tenez tellement à ce que je me retrouve dans un bordel turc ? Je n'ai pas le vertige et, physiquement, je sais que j'en suis capable.

— Formidable, je savais que vous aviez des nerfs d'acier. Je monte en éclaireur. Arrivé en haut, je vous éclaire, normal pour un éclaireur.

Et je grimpai sur une vingtaine de mètres le long d'une falaise de granit, avant d'atteindre une dalle en ciment. Je tentai de la soulever d'une main, mais elle était trop lourde. Je passai l'une de mes jambes entre les barreaux, avant de récidiver avec les deux mains, réussissant à la déplacer et à la faire glisser sur le côté. Enfin, je me hissai dans une sorte d'alcôve sombre et humide. Je m'assis au bord de la trappe et éclairai en direction de Kardiatou.

— C'est bon, mon amour, je vous attends au septième ciel !
— Un jour, Nestor, je vous obligerai à tenir vos promesses !

Sa voix rebondit sur la paroi avec un formidable écho.

— Faites attention, certains barreaux sont branlants.
— Ne me faites pas rire et éclairez-moi !

Trois bonnes minutes passèrent avant que je saisisse la main de ma secrétaire et la hisse avec énergie.

— Bienvenue sur le plancher des vaches.
— Vous pensez vraiment que je marche avec la police ? Où sommes-nous ?
— Aucune idée, mais ça sent le moisi.

J'éclairai la petite pièce où nous nous trouvions. Des blocs de marbre étaient posés contre les murs et un semblant de clarté perçait par un escalier étroit.

Brusquement, Kardiatou s'exclama :

— Regardez Nestor, ces portraits... Mais... ce sont des tombes ! Nestor, nous sommes dans un caveau !

J'observai plus attentivement les photos en médaillon

ainsi que les plaques scellées sur les blocs de marbre, où étaient gravés des noms, des années de naissance et de péremption.

— Vous avez raison, nous sommes dans un caveau, mais pas de pinard. Pourquoi ce tunnel amène-t-il à une tombe ?

— Patron, vous résoudrez cette énigme plus tard, maintenant je veux sortir.

Je replaçai la trappe et, alors que je m'apprêtai à monter l'escalier, je remarquai que la plaque qui fermait l'une des niches prévues pour recevoir des cendres était descellée. Je tirai sur cette dernière sans rencontrer la moindre résistance. Elle ne contenait aucune urne, juste une mallette qui avait été déposée en consigne. Je la saisis, comme on saisit sa chance.

— Nestor, que faites-vous ? C'est une profanation de sépulture et du vol.

— C'est une pièce à conviction, chérie. Allez, on se tire.

Et nous grimpâmes les quelques marches qui menaient à une porte en ferraille percée d'un cœur surmonté d'une flamme argentée.

— Décidément, la confrérie des serruriers nous a dans le collimateur. Celle-ci aussi est fermée.

Kardiatou se pencha sur la serrure.

— Pour le coup, elle n'est pas moyenâgeuse, elle est même récente. Je pense que vous arriverez à l'ouvrir sans problème avec votre arme.

— Pour prévenir les Turcs que nous sommes arrivés à bon port et que nous avons bien trouvé leur mallette ? Kardiatou, vous ne travaillez pas pour une agence de voyages, mais une agence de détectives, que diable !

— C'est pas très gentil ce que vous me dites là, patron.

— Ce que j'essaie de vous expliquer, c'est qu'il faut laisser le moins d'indices indiquant notre passage.

Et je sélectionnai dans mon trousseau une curieuse clé que j'introduisis dans la serrure. Après trente secondes de manipulations, la porte grinça sur ses gonds.

— C'est incroyable. C'est quoi, cette clé ?

— Un passe que j'ai emprunté par mégarde lors d'une déposition au Quai des Orfèvres. J'ai oublié de le rapporter et je m'y suis habitué.

— Vous êtes un drôle de paroissien, patron. Quand je pense que l'on vous donnerait le Bon Dieu sans confession et que certains vous prennent pour un saint.

— Un saint patron, chérie.

— Le saint patron des voleurs, oui. Vous piquez un passe à la police, une mallette aux morts. Finalement, je me demande si je ne ferais pas mieux d'aller travailler pour une agence de voyages, ce serait peut-être moins risqué.

Je ne l'avais pas volée, celle-là. Enfin, le soleil nous fit un clin d'œil à travers la grille qui fermait la chapelle du caveau. Je n'eus pas à solliciter à nouveau le passe du poulailler pour que nous goûtions à pleins poumons une liberté retrouvée. Mais, en posant nos pieds sur le gravier, notre surprise fut à la mesure du site où nous nous trouvions : le cimetière du Père-Lachaise...

— C'est incroyable, fit Kardiatou. Pourquoi ce tunnel entre un bordel et ce cimetière ?

Je pensais avoir en partie la réponse et, comme j'étais de nature partageur, je confiai mes suppositions à ma secrétaire.

— Le cimetière du Père-Lachaise a été construit il y a un peu plus de deux siècles sur un domaine qui appartenait à l'ordre des Jésuites. À l'époque, ils ont creusé un véritable dédale. Je savais que des galeries sous des caveaux communiquaient avec l'extérieur du cimetière en passant par des caves, les égouts et les catacombes. Certains monarchistes avaient prévu ce moyen pour fuir ou se cacher pendant la Révolution.

— Et quel est le lien avec la pègre turque et les chouans ?

— Sûrement aucun. Comme vous l'avez souligné, le tunnel est bien antérieur au bordel. Ils se contentent d'utiliser un réseau de galeries déjà existant.

— Et la famille propriétaire du caveau, comment voit-elle ça, que l'on se serve de leurs sépultures comme boîte aux lettres ?

Nous nous regardâmes, avant de nous retourner comme un seul homme sur le nom des proprios gravé sur le fronton du monument : Volkan.

— Volkan, ce ne serait pas un nom turc, patron ?

— J'en sais fichtrement rien, sinon que ça doit vouloir dire « volcan ».

— Vous êtes très perspicace, Nestor. Moi, ça me fait penser à « van Volkswagen », mais c'est allemand.

Le rapprochement n'est pas idiot, les Turcs sont la première communauté émigrée en Allemagne. La coccinelle Volkswagen était la voiture du peuple promise à chaque famille allemande par Hitler. Il semble établi que le pouvoir turc se dirige vers un régime totalitaire, ce qui fait beaucoup d'analogies. Je notai le nom sur mon carnet à spirale pour faire quelques recherches.

— C'est une bonne idée, ça sera moins aléatoire.
— Je vous offre une mousse avant d'aller à Thouars ?
— Ce n'est pas de refus, après toutes ces émotions.

Le caveau de la famille Volkan se trouvait non loin de l'enceinte du cimetière qui donnait avenue Gambetta. Nous passâmes devant le mur des Fédérés. Kardiatou s'arrêta en face du monument. La statue représentait une femme, les bras écartés, paumes tournées vers l'intérieur, qui protégeait dans un élan, avec son seul corps comme rempart, ses camarades, ses frères de misère. Ces derniers étaient personnalisés à même le mur par des visages, des silhouettes incrustées dans la pierre.

— Vous qui en connaissez un rayon sur les luttes en tout genre, c'est quoi, au juste, ce monument, patron ?
— Il a été construit en hommage aux derniers communards, qui se sont réfugiés dans le cimetière du Père-Lachaise, avant d'être fusillés par ce salopard de Mac-Mahon à la solde de l'infâme Adolphe Thiers.
— Et cette femme, c'est qui ?
— La Commune, la Commune de Paris.

11

Coco mais pas rouge

La température était tout ce qu'il y avait de plus tolérable à l'agence Fiat Lux.com depuis que ma secrétaire s'était mise à contribution pour faire descendre le mercure. Mais la chaleur travaillait les organismes et la vieille bécane n'était pas à l'abri d'une nouvelle panne. Je prévins Kardiatou que, si cela devait de nouveau arriver, les budgets seraient gelés. Ce à quoi elle répliqua qu'elle n'attendrait pas le dégel, qu'elle paierait en nature et que cela ne me regardait en rien. Je mis fin à la discussion en proposant de regarder ce que contenait la mallette trouvée dans le caveau. Posée sur le bureau de Dali, cette dernière attendait qu'on la déflore et, comme de bien entendu, elle était fermée à clé.

Devant le regard chagrin de ma secrétaire, je la devançai :

— Non, je n'exploserai pas cette foutue valise à coups de flingue.

Je saisis un trombone, le tarabiscotai et l'introduisis dans l'une des serrures, qui claqua, suivie de la seconde, qui abdiqua sans même combattre.

— Vous m'étonnerez toujours, Nestor.

— Et encore, je ne m'appelle pas Benoît.

— Je n'ai pas compris votre plaisanterie.

— Aucune importance, c'est un vieux tube.
— Une madeleine, en quelque sorte.
— Si vous voulez, tout comme ce bon vieux tube Citroën.
— Ce n'est pas très charitable pour ma maman, qui s'appelle Madeleine.
— Celle qui a été Miss Sénégal ?
— Vous avez peut-être une paire de pères, mais je n'ai qu'une maman, Nestor.
— Bien. Si on ouvrait cette mallette ?
— Je n'osais pas vous le proposer, patron.
— Et si on jouait aux devinettes ? D'après vous, qu'est-ce qu'elle contient, cette valoche ?
— Je dirais... des bijoux.
— Non, Kardiatou. Vous vous laissez envahir par vos propres désirs en oubliant le boulot, chérie. Nous ne l'avons pas trouvée dans une bijouterie ou chez un receleur, cette mallette.
— Vous n'avez pas totalement tort, Nestor, j'aime tellement les bijoux. Et comme les hommes ne les aiment pas, il y a sûrement une frustration immense et latente en moi qui, inconsciemment, çà et là, ressort.
— Les hommes n'aiment pas les acheter, surtout. Bon, alors, vous n'avez pas une idée moins romantique ?
— Je n'en sais rien, patron, ce n'est pas moi, le détective. Vous diriez quoi, vous ?
— Je pense à de l'argent, beaucoup d'argent pour acheter des armes à Potemkine.
— C'est une idée comme une autre, les mallettes servent souvent à ça dans les polars.

Et, sans plus attendre, je soulevai le couvercle de la valise. Les yeux comme des billes, nous nous regardâmes, avec ma secrétaire. Il y avait là de quoi se repoudrer pour une décennie. Je piquai l'un des paquets à l'aide de mon Deejo et goûtait à la marchandise.

— De la cocaïne, fis-je remarquer laconiquement.

— La prostitution ne leur suffit pas, en plus, ils dealent, s'offusqua Kardiatou.

— Ce ne sont pas des dealers. Le marché est régulé par l'État, treize provinces de Turquie cultivent légalement le pavot. Ce bizness est géré et contrôlé par le bureau turc des céréales. Quand on interroge ce service sur la rentabilité de cette industrie, il répond qu'il rentre tout juste dans ses frais, que leur seul objectif est de maintenir les emplois, le niveau de vie des fermiers et de perpétuer une tradition séculaire.

— Et vous les croyez ?

— Bien sûr que non. Je pense surtout que la dope leur sert de monnaie d'échange pour acheter des armes.

J'étalai la poudre sur mon bureau et roulai un billet de dix.

— Une petite ligne, chérie ?

— Mais ça va pas! Vous savez bien que je ne me drogue pas.

— Moi non plus. Mais si personne ne se sacrifie, comment voulez-vous juger de la qualité du produit ?

— Les laboratoires de la police sont assez qualifiés pour vous renseigner.

— Qualifié pour s'en mettre plein le pif et confisquer la came pour payer leurs balances.

Et je m'envoyai le rail sans sourciller.

— Elle est extra, ce n'est pas de la chimique. Je vais en mettre un peu de côté, on ne sait jamais, ça peut servir pour les besoins d'une enquête.

— Vous vous comportez de plus en plus comme un ripou, patron. Vous n'avez pas peur pour l'officine ? Avec vos caisses d'armes et maintenant cette drogue, si l'on est perquisitionnés, vous pouvez plonger pour dix ans.

— Kardiatou, vous frisez l'insolence. Sortez-moi tout ce que vous trouverez sur la famille Volkan. Cherchez surtout qui est enterré dans ce caveau. Moi, je retourne au Père-Lachaise pour reposer la mallette.

— Je ne comprends pas...

— Si je leur pique leur dope, ils vont être sur les dents et vont aller chercher de faux coupables. Alors qu'il suffit que je sois en planque, et ils m'emmèneront comme des fleurs vers Potemkine, leur fournisseur. J'espère juste qu'ils ne seront pas passés avant que je replace la mallette.

— Et vous n'avez pas peur qu'ils s'aperçoivent qu'il en manque ?

— Vous avez vu la quantité ? Un petit kilo, bien réparti, ça devrait passer comme une lettre à la poste. Sinon, ils se soupçonneront entre eux. Jamais ils n'imagineront qu'un type qui tombe sur un tel pactole ne prenne pas le tout.

Puis, je me collai le galurin de Louis Martinet sur la tête, ainsi qu'une moustache postiche.

— Vous devriez vous laisser pousser la moustache, Nestor, ça vous confère un style certain.

— Ce n'est pas le moment de me faire du rentre-dedans, mademoiselle. Allez, je suis parti.

— Vous pensez passer la nuit au cimetière ?
— Si je me languis de vous, je vous appellerai pour me tenir compagnie.
— Très peu pour moi, je préfère surveiller la clim !

Je fis comme si je n'avais pas entendu et dévalai l'escalier, coiffé du couvre-chef de Louis, la mallette à la main. Il fallait faire vite. Je démarrai comme un fou, ne respectant aucune limitation de vitesse, grillant les feux tricolores, avant de me garer en vrac près du Père-Lachaise au risque de me faire embarquer la Fiat par la fourrière. À grands pas, j'arpentai le cimetière jusqu'au caveau de la famille Volkan et remisai la cocaïne là où je l'avais trouvée, dans sa niche. Puis, je remontai à la surface et m'installai dans un autre caveau, de l'autre côté de l'allée. Une porte ouvragée avec des interstices me permettait de surveiller sans être vu. Curieusement, il y faisait frais, alors que dehors c'était toujours la fournaise. Je regardai régulièrement le cadran de ma montre, comme si un rendez-vous avait été fixé. Le cimetière allait bientôt fermer et cela faisait deux heures que je planquais pour que dalle. La perspective de passer la nuit dans ce réduit humide me fit frissonner, mais ma persévérance fut récompensée.

Alors que j'attendais qu'une tête de Turc investisse le caveau des Volkan, c'est une Kurde qui sortit de ce dernier. Une Kurde que je commençais à connaître sous toutes les coutures, tout du moins en surface, un peu à l'intérieur, mais pas suffisamment pour lui accorder mon entière confiance. Malîn Berbang avait troqué sa veste de treillis contre des ballerines, une jupe noire moulante et un blouson léger rose tendre à la coupe Perfecto. Elle observa les alentours et referma doucement la porte du caveau, avant de s'éloigner en balançant négligemment la mallette au bout de son bras. Ce qui n'était pas la meilleure des manières pour passer inaperçue et éviter les voleurs potentiels. Cependant, l'exubérance attirait les regards et pouvait protéger d'une éventuelle agression sur un parcours à découvert, une tactique sans doute éprouvée par la commandante. Je la suivis en gardant mes distances, essayant de comprendre le rôle qu'elle jouait dans ce trafic. Je m'interrogeais sur sa connaissance du tunnel, qu'elle semblait avoir emprunté. La photo trouvée rue de la Bidassoa, qui la présentait dans une situation dégradante, m'était revenue en mémoire. Elle pouvait très bien connaître le tunnel, bien que rien n'indique qu'elle ne soit pas entrée le plus simplement du monde par la porte du caveau avant mon arrivée. Mais qu'aurait-elle fait pendant plus de deux heures à l'intérieur ? Quel lien avait-elle avec le bordel, sinon celui d'y avoir travaillé à une époque lointaine ? Était-ce une Turque infiltrée parmi les combattantes kurdes ?

    Les questions se bousculaient dans ma tête alors que Malîn s'engouffrait dans le métro à la station Gambetta. Je passai le portillon en me collant à une bourgeoise, qui me lança un regard assassin. Je ne payais jamais mes titres de transport, c'était un principe. Après trois stations, Malîn descendit Porte des Lilas. Je remontai à la surface, me mêlant à la populace bigarrée de Belleville, ne la lâchant pas d'une semelle alors qu'elle venait de s'enquiller l'avenue Gambetta. Ma surprise fut plus grande encore que lors de son apparition hors du caveau de la famille Volkan, quand je vis la commandante pénétrer dans le bâtiment de la DGSE, rue des Tourelles. J'entrai dans le rade le plus proche, décidé à attendre qu'elle ressorte du bunker. Elle sortit de la caserne un quart d'heure plus tard sans la mallette. Je ne comprenais rien à son manège. Je payai mon kawa et continuai à la filer. Malîn marchait de plus en plus vite, comme si elle se sentait suivie. J'allais la rattraper à la faveur d'un passage piéton, quand un 4x4 Hummer H3 aux vitres teintées s'arrêta à son niveau. La portière du passager s'ouvrit. La commandante bondit à l'intérieur et le véhicule tout-terrain disparut comme une bombe rue Dubouillon, que je pris sans coup férir. Je pestai, regrettant de ne pas l'avoir abordée dans le cimetière. Mais quelle aurait été sa réaction ? Je ne savais plus à qui j'avais affaire. Dégoûté, je revins sur mes pas avec la claire intention de poser quelques questions à mon pote sumo, il me devait bien ça.

Considérer qu'Yves Marchand me reçut avec la banane serait un tantinet déplacé. Il quittait son bureau quand il m'aperçut au fond du couloir. Il marqua un temps, mais, malgré mon chapeau en feutre et ma moustache factice, il me reconnut.

— Burma, tu fais chier ! Tu ne peux pas prendre rendez-vous avec ma secrétaire, comme tout le monde ? Là, comme tu me vois, je me taille, je me casse, je me barre ! J'ai fait ma journée, j'en ai plein les bottes.

— Désolé, mon vieux, ta secrétaire est toujours en RTT. Pour vous choper, les fonctionnaires, il faut se lever tôt et, encore, bien viser, ne pas tomber pendant la pause-café, en faisant gaffe que ce ne soit pas un férié, qui inévitablement amène à un pont, et ce n'est pas celui de la rivière Kwaï, ça se saurait. Ou, alors, attendre le jour d'une livraison...

Le sumo me regarda d'un air impénétrable, avant de m'inviter à entrer dans sa cagna, refermant le verrou derrière lui. Pendant trois secondes, je me demandai si le gros serait capable de me descendre, ici même dans son bureau de la DGSE, pour une quelconque raison d'État qui m'échapperait. J'étais en droit de me poser la question, après tout il travaillait pour le service du contre-espionnage. Mais ma disparition ne devait pas présenter un gros intérêt pour la taupinière. Sans doute même avaient-ils plus besoin de moi en forme que six pieds sous terre. Je remisai mon galure et mon postiche. Marchand ne passa pas par quatre chemins.

— Qu'est-ce que tu sais au juste, Burma, au sujet de cette livraison ?

— Malîn Berbang est ma copine de cheval.

La formule était loin d'être élégante, mais mon interlocuteur ne l'était sûrement pas, lui. Il avait la psychologie d'un tank et ne comprenait que les mots crus et le choc des photos. J'avais décidé non pas de jouer franc jeu, mais de ne pas trop tourner autour du pot. Il n'y avait rien de plus ennuyeux pour un non-initié qu'un combat de sumo.

— On n'est pas au PMU.

— Et la livraison n'est pas du bourrin.

On avançait à petits pas, avec beaucoup d'observation. Il fallait qu'il lève le voile sur la nature de la livraison ; pour le contenu, je savais. Mais c'était un agent de la DGSE, il n'allait pas se mettre à table à la première réplique. Ces mecs étaient coriaces et entraînés, il leur fallait quelque chose de consistant avant l'assaut. Mais moi, j'avais les crocs et j'attaquai direct dans le lard – normal contre un sumo.

— Enfin, je suis là pour confirmer qu'elle est vachement bonne, cette coke.

Yves Marchand se laissa aller dans son fauteuil en soufflant comme un bœuf. Malgré l'heure tardive, il venait de comprendre qu'il était bon pour se taper quelques heures supplémentaires. J'attendais, curieux de savoir comment il allait expliquer la livraison de cinq kilos de cocaïne dans ses bureaux.

— C'est la misère, Burma, les coupes sont drastiques, le budget alloué aux intermédiaires est réduit à peau de balle. Si on ne se démerde pas par nous-mêmes, on ne peut plus bosser. Le deal, c'est qu'on a carte blanche et, plus haut, ils ferment les yeux. De toute façon, ils n'ont pas le choix, on est le dernier rempart et les seuls à décider si c'est bon ou mauvais pour la Nation. Le service utilise tous les recours pour s'approvisionner.

— Cinq kilos, tu te mouches pas avec le coude.

— Il manquait entre cinq cents et huit cents grammes à la pesée. Et vu que tu dis l'avoir goûtée, j'en déduis que tu t'es servi sans l'assentiment de la mule, ou alors c'est elle qui ment. Te connaissant, je sais que tu es coupable et je pourrais t'arrêter sur-le-champ. Je te rappelle que je suis assermenté, Burma. Qu'est-ce que tu as à me dire pour ta défense ?

Je venais de perdre l'avantage, j'avais avoué sans la moindre torture. Le physique bonhomme de Marchand me faisait toujours oublier son intelligence supérieure.

— Je dirais que j'ai subtilisé dans les sept cent trente-cinq grammes pour les besoins de mon enquête, mais tu ne me croirais pas.

— Effectivement, je ne te crois pas.

— C'est un moindre mal à côté de ce que tu vas me servir pour te dédouaner de trafiquer avec une organisation terroriste.

— Arrêtons de jouer aux cons. Quels sont tes rapports avec le PKLF ?

— Hormis le fait que la personnalité et la plastique de la commandante Malîn Berbang ne me laissent pas insensible, je cherche un dossier qui lui a été volé, dont le contenu pourrait ne pas arranger les affaires de la Turquie en ces périodes troublées. Mais je t'avoue que, maintenant, je ne sais plus trop à qui j'ai affaire, ce qui explique ma présence ici. J'ai surpris Malîn avec la mallette de dope qui, visiblement, était passée par l'immeuble rue de la Bidassoa, l'adresse que tu as refourguée à Mansour pour retrouver Potemkine. D'après mes informations, cet immeuble était un ancien bordel dirigé par une certaine Yüksel pour le compte d'un groupe mafieux turc. Tu peux m'expliquer le lien entre une chef rebelle kurde et un ramassis de chiottes à la turque ? Sinon qu'elle roule pour Ankara.

Le gros leva ses sourcils derrière ses lunettes rectangulaires à large monture.

— Si elle t'entendait, elle te crucifierait. Ces fameux mafieux turcs appartiennent à la confrérie des Loups gris, les pires ennemis de Malîn Berbang. Si elle connaît aussi bien l'immeuble de la Bidassoa, toutes ses issues, ainsi que le tunnel, c'est tout simplement parce que c'est une ancienne pensionnaire de ce bordel.

— Ça, je le savais.

— Qu'est-ce que tu savais ? C'est totalement impossible, elle ne peut pas t'en avoir parlé.

Je sortis de ma poche la photo représentant Malîn, celle où elle était seule en petite tenue, oubliant sciemment de montrer la photo porno où elle se coltinait l'affreux. Je la posai devant le sumo. Il la saisit fébrilement, ouvrant ses mirettes comme s'il venait d'assister à l'apparition de la Vierge.

— Nom d'un petit bonhomme ! Où tu as trouvé ça, Burma ? Et ne me réponds pas des craques, sinon je te garde.

— Rue de la Bidassoa, dans l'un des appartements du boxon.

— C'est impossible, on a tout retourné.

— Rien n'est impossible pour l'agence Fiat Lux.com. Je te dis que j'ai trouvé ces... cette photo dans une enveloppe planquée sous un bout de bois pourri recouvert de plâtre, à la tête d'un lit.

— Nestor... est-ce que tu as trouvé d'autres photos ?

— Niet. Pourquoi, c'est important ?

Il me jaugea un moment, trop longtemps à mon goût, et dut considérer qu'il lui était impossible de deviner si je disais la vérité ou pas. Les agents secrets aussi étaient faillibles.

— Ne remets plus les pieds là-bas, c'est un ordre. Tu peux me la laisser ? N'oublie pas que je te couvre sur sept cent cinquante grammes de coke.

— Sept cent trente-cinq grammes, ne va pas me barboter quinze grammes au passage. Je ne sais pas de quoi tu causes. Je ne passe aucun marché sur du vent. Tu me fais ton numéro de Marchand de sable, mais je ne vais pas me laisser endormir. Je te donne cette photo uniquement si tu me racontes tout ce que tu sais au sujet de Malîn Berbang.

Le sumo se donna le temps de la réflexion, plus par principe que par méfiance.

— D'accord... mais cela doit rester absolument confidentiel. Je ne déconne pas, Nestor.

— Est-ce qu'une seule fois, j'ai laissé fuiter des infos ? Remettrais-tu mon intégrité en cause, Yves ?

— Tu es dans les petits papiers de Faroux et cette affaire ne doit pas sortir de ces murs.

— Comme tu le sais, Faroux est parti en service commandé pour observer la gueule que font les barbus quand, à la place des soixante-dix vierges, ils se trouvent face à soixante-dix diablotins à la queue fourchue, et je n'ai aucune accointance avec sa fille. Elle s'est déjà permis de me coller une garde à vue, juste pour calmer mes ardeurs à venir, m'a-t-elle dit. La seule fois où son père m'a coffré, c'était pour me sauver la mise.

— OK. Il y a une vingtaine d'années, Malîn a été enlevée en Turquie par la secte des Loups gris, en compagnie d'autres jeunes femmes kurdes, pour être vendue à Paris à des maquereaux turcs. Elles avaient toutes entre seize et dix-huit ans, issues de familles bourgeoises ou éduquées. Le but était crapuleux, mais avant tout politique : en faire des esclaves sexuelles réservées à des notables, des industriels, des pontes du régime turc de passage dans la capitale. Des orgies étaient organisées régulièrement par Yüksel, la maquerelle. Potemkine, le vendeur d'armes officiel du MIT, était client de ce bordel, il était très proche de Yüksel. Mais il a fini par s'amouracher de Malîn, jusqu'à se l'approprier. Plus personne ne pouvait la toucher, il payait le prix fort pour ça, elle était sa propriété. Yüksel était rongée par la jalousie. Puis, Malîn est tombée enceinte. Comme Potemkine n'avait aucun doute quant à sa paternité, il a décidé de garder l'enfant, une fille prénommée Sermîn. Enfin, il a racheté la liberté de Malîn aux maquereaux turcs, malgré la rente qu'elle représentait. Sous la pression du MIT, les macs ne pouvaient pas refuser. Yüksel a ainsi perdu Potemkine et affiché la pire des détestations envers Malîn, considérant qu'elle était responsable de la perte de son amant.

— Intéressant, tu tiens un bon scénario pour faire chialer dans les chaumières. Mais tout ça n'explique pas la présence de Malîn dans ton bureau avec cinq kilos de blanche.

— Les Loups gris utilisent souvent la dope, dont ils sont producteurs, pour acheter leurs armes à Potemkine. Parfois, même, ils troquent directement avec la came. Ils ont plusieurs planques, surtout en banlieue est. Sur Paris, il leur arrive encore d'utiliser le caveau de la famille Volkan comme boîte aux lettres. Malîn, qui a eu vent d'une transaction et qui connaît bien le terrain, pour cause, leur a barboté la mallette.

— Mon intuition me dit que le vent venait sûrement du côté de la DGSE. Malîn bosse pour vous ?

— Tu es trop curieux, Burma.

— Je t'ai dit que je voulais tout ce que tu savais sur Malîn. Je n'ai pas chipoté pour la photo.

— Je te l'ai payée suffisamment cher en coco, il me semble.

— Je dois savoir à quoi m'en tenir avec elle, pour qui elle roule. Tu penses bien que, s'il s'avère que c'est un agent du MIT, nos rapports ne vont plus être vraiment les mêmes, mon enquête va prendre forcément une autre direction.

— Si elle appartenait au MIT, tu crois que je te le dirais, le détective ? Ce qu'elle a subi dans sa jeunesse de la part des services turcs devrait pourtant t'éclairer sur le niveau de haine qu'elle éprouve pour eux. Je lui vends quelques renseignements en sous-main, qu'elle paie en coke ou autres stupéfiants, mais elle n'appartient pas au service.

— Cinq kilos, c'est cher payé.

— Les pièces qu'elle est en train de réunir peuvent avoir un effet dévastateur en Turquie. On n'a rien sans rien.

— Il y a un lien avec le génocide arménien ?

— On a dit que l'on s'en tenait à Malîn, ne sois pas trop gourmand, Burma.

— D'accord. Et qui a tué Seryal Zera ? Tu peux me lâcher cette info, ça ne mange pas de pain.

Le sumo réfléchit trois secondes, avant d'empocher la photo.

— Ouais, ça je peux, ça vaut tout juste une biscotte. C'est Yüksel, la maquerelle.

— Mais si vous le savez, pourquoi la commissaire Faroux ne l'arrête-t-elle pas ?

— Parce que le ministère de l'Intérieur lui a demandé de ne pas intervenir pour l'instant. Fin de la réunion, j'ai plus de munitions.

12

Malîn, Malîn et demie

L'hôtel Belleville ne payait pas de mine. Esturgeon, le patron, lisait une BD de Guy Peellaert, *Pravda la Survireuse*, son calibre posé sur le comptoir. Il assurait au pied de la lettre la protection de Malîn dans son hôtel borgne.

— Salut, Esturgeon. Elle est là ?

Le patron leva le nez, sec comme un coucou ; expression trompeuse, le coucou étant un oiseau squatteur plutôt balaise dont la particularité est de balancer les petits copains hors du nid pour recevoir la becquée à leur place. Mais là, l'image était associée au coucou suisse, celui qui sort ponctuellement de son chalet pour donner l'heure avec précision. Il portait une chemise en soie couleur saumon avec son surnom brodé sur le plastron. Les pieds toujours nus, été comme hiver, une corne d'un demi-centimètre lui servant de semelle, il avait une éternelle cigarette vissée au coin des lèvres. Pour compléter le tableau, une hideuse cicatrice lui barrait sa face d'esturgeon. Né à Passy, le zozo pratiquait la pêche au gros et ne buvait que de l'eau.

— Ouais, elle vient de m'apporter le caviar. C'est une gonzesse burnée, je crois pas qu'elle ait besoin de moi pour se protéger.

— Pourquoi tu dis ça ?
— Elle vient de monter avec deux lance-roquettes.
— Elle était seule ?
— Y avait un costaud avec elle, avec un accent russe.
— Tu connais le russe, toi ?
— Je me suis maqué avec une poupée qui vient de là-bas.
— Tu l'as trouvée sur Internet, ta poupée russe ?
— Non, sous le métro Stalingrad, elle vendait des cigarettes de contrebande. J'te rassure, je sais que c'est pas pour ma gueule de raie qu'elle s'est mise à la colle avec moi, je suis pas totalement stupide. Mais pour la régularisation de ses papiers, et aussi l'hôtel, s'il m'arrivait une merde. Mais elle est réglo, c'est un bon deal. Elle a vingt ans de moins que moi, pas conne, elle baise comme une championne olympique, elle fait bien le bortsch et, surtout, elle me fait pas chier. J'ai pas de famille et, quand je canerai, elle récupérera tout. Moi, ça me va, je préfère que ce soit elle qui se gave que l'État.
— Et qu'est-ce qui te fait penser que le type qui l'accompagnait était russe ?
— Son frère a le même accent.
— Son frère ? Tu es sûr que c'est son frère ?
Sur ce, j'escaladai les marches. Esturgeon lâcha son *Pravda* et me regarda monter avec des yeux de merlan frit. Ce n'était pas de la cruauté de ma part. Semer le doute permettait d'obtenir des réponses qui pouvaient éviter d'hypothéquer votre avenir. J'aimais bien Esturgeon, je lui devais au moins ça. Je frappai à la porte de la chambre de Malîn.
— C'est quoi ? gueula une voix d'homme à l'accent guttural.

— Le courrier du cœur, j'ai un message pour Malîn Berbang.

La chaînette sauta et Malîn se présenta dans l'encadrement de la porte, la poitrine nue, une serviette nouée autour de la taille.

— Nestor, qu'est-ce que tu fais là ?
— Ça va mieux, tes blessures ?
— Je leur fais prendre l'air, c'est le meilleur remède pour cicatriser. Entre.

Je fis un pas dans la chambre. Deux longues boîtes en bois, équipées de poignées en corde, étaient posées sur le sol. J'entendis distinctement quelqu'un qui prenait une douche.

— Tu n'es pas seule ?
— Tu le sais bien, Esturgeon fait le planton.
— C'est qui dans la salle de bains ?
— Depuis le temps que tu le cherches...
— Potemkine ? Vous continuez à vous voir.

Elle referma la porte.

— Je te rappelle que nous avons eu une fille ensemble et que nous sommes en affaires.
— Je voulais dire...
— Quoi, baiser ? Oui, ça arrive, mais ça n'a aucune espèce d'importance. Qu'est-ce qui t'amène, Nestor ? Je te manquais ?

Les maîtresses femmes m'impressionnaient toujours un peu. Celle-ci mesurait un mètre soixante pour cinquante kilos, mais c'était de la dynamite.

— Je sais qui a tué Seryal Zera et qui possède le dossier.

La nouvelle ne sembla pas ébranler la guerrière.

— Je le sais aussi, Marchand me l'a dit. Je m'en doutais, mais c'est bien que ce soit confirmé.

Elle venait de mentionner Marchand alors que nous n'avions jamais parlé ensemble de ce dernier. Peut-être me prenait-elle pour un agent de la sécurité extérieure.

— Bien, je crois que je n'ai plus rien à faire ici. Puisque tu sais tout ce que tu devais savoir.

— Je vais encore avoir besoin de toi, Nestor.

— Tu te méprends sur mon compte, Malîn. Je suis juste un détective privé qui enquêtait pour disculper son pote journaliste, Niki Java. Maintenant que tu connais la coupable, je vais retourner à mes affaires courantes. Dans mon secteur, on ne règle pas nos différends à coups de lance-roquettes, mais plutôt à coups de canon de rouge. À ce propos, tu comptes t'y prendre comment pour récupérer le dossier ?

— De la façon la plus simple. Je retrouve Yüksel la maquerelle et je la massacre. Mais avant, je vais la faire énormément souffrir.

Je goûtais moyennement ce genre de propos, persuadé qu'ils étaient servis sans la moindre once d'humour. Depuis quelques années, certaines pratiques et coutumes étaient insidieusement entrées dans le paysage, transformant radicalement les mœurs. Les barbares faisaient leur grand retour. Les autorités étaient dépassées et le citoyen lambda devait se débrouiller. Si ça continuait ainsi, l'agence Fiat Lux.com devrait bientôt se recycler en milice de défense.

— Ça va, Nestor ?

— Oui... juste un coup de mou. Je vais y aller, c'était sympathique de te rencontrer, Malîn. Je te demande juste de planquer tes fesses.

— Ne t'inquiète pas, de jour comme de nuit, j'ai quelques anges gardiens qui veillent sur elles.

À cet instant, la porte de la salle de bains s'ouvrit sur un colosse. Potemkine faisait une tête de plus que moi pour trente kilos de muscles en rabe. C'était une sorte de Conan le Barbare avec moins de relief, mais un engin tout de même. En slibard léopard, il se frictionnait le dos à l'aide d'une serviette à la couleur douteuse.

Malîn prit les devants :

— Potemkine, je te présente Nestor, mon ami détective.

Le monstre me présenta son battoir et me serra virilement la main en s'efforçant de ne pas me la broyer.

— Salut. C'est quoi, un détective ? Un keuf ?

J'étais toujours surpris par la méconnaissance du statut de détective en France, notamment chez les malfrats, les mercenaires et les agents du contre-espionnage. Pour les uns, nous étions des poulets qui avaient loupé leur examen, pour les autres, des clowns juste bons à constater des adultères.

— Un détective, c'est un flic privé qui bosse à son compte. Contrairement au policier, je ne suis pas assermenté, je n'ai pas le droit d'arrêter un présumé coupable. J'ai un port d'arme, mais la loi m'interdit de l'utiliser en dehors du stand de tir. Pour moi, le client n'est pas roi, mais, comme il me fait bouffer, je dois parfois composer avec la loi. Enfin, je n'émets aucun jugement moral, même si philosophiquement je ne suis pas d'accord, tout comme un avocat. Seule exception, quand le client est une véritable ordure, je décline mes services.

Je n'étais pas sûr que Monsieur Muscles ait assimilé tout ce que je venais de lui dire.

— En fait, tu n'as aucun pouvoir, donc tu sers à rien.

Non seulement il parlait très bien notre langue, mais il avait assimilé et relativement bien analysé les travers de ma profession. Si le cuirassé n'était pas aussi bien équipé, je lui aurais bien donné une leçon de canne, mais j'avais remisé mon bout de bois au bureau et je n'étais pas en guerre.

— Bon, comme je ne sers à rien, je me casse. Adieu, Malîn, le devoir m'appelle.

Mais il n'y avait pas que le devoir qui appelait, Esturgeon donnait aussi de la voix :

— Alerte ! Les Turcs attaquent !

Des bruits de pas et des cris montèrent dans la cage d'escalier, accompagnant les mises en garde d'Esturgeon, qui tambourinait sur la porte de la chambre. Potemkine lui ouvrit, un pistolet-mitrailleur Uzi serré dans son poing. Plusieurs coups de feu claquèrent. Esturgeon répliqua, descendant une tête de Turc, avant de s'écrouler lui-même sous le chambranle. Je me collai dans un coin de la pièce, caché en partie par l'armoire normande – pas Potemkine, qui était une armoire ukrainienne –, le poing serré autour de la crosse du québécois, prêt à envoyer ses dragées au goût d'érable. Esturgeon, allongé sur le flanc, pissait le sang en regardant dans ma direction. Mais il ne me voyait pas, il était parti sans laisser d'adresse. Les esturgeons voyagent souvent à contre-courant. Je ne pus m'empêcher de penser que cette rixe était fomentée par le frère de la poupée russe, pour récupérer l'héritage. Mais j'avais mauvais esprit, c'était juste les Turcs qui venaient récupérer leur came. Potemkine surgit dans le couloir et se mit à arroser à tout va à l'aide de son pistolet-mitrailleur israélien, en dansant le kazatchok pour éviter les pruneaux adverses. Un râle annonça la chute d'un corps et la fin des hostilités, suivi d'une cavalcade dans l'escalier. Trois longues minutes furent nécessaires avant que chacun reprenne ses esprits et réalise pleinement ce qui s'était passé. Le tableau de chasse se résumait à deux Loups gris et un esturgeon, le troisième Turc ayant réussi à passer entre les balles. Malîn et le père de sa fille se fringuèrent en un temps record ; ce n'était pas le moment de moisir dans le secteur. Quelques clients de l'hôtel se hasardaient à ouvrir les portes de leur chambre pour pouvoir se carapater avant l'arrivée de la police. Potemkine envoya une rafale d'Uzi en direction du plafond du couloir afin d'éviter les bouchons quand ils sortiraient. Toutes les portes claquèrent de conserve et un silence de mort s'abattit sur l'hôtel.

— Je vais devoir à nouveau déménager, lança Malîn en laçant énergiquement sa paire de rangers. Je ne sais pas qui balance mes planques aux Turcs, mais il y a forcément une taupe dans la place.

Tout comme elle, je pensai à Marchand, mais rien n'était moins sûr. Si le patron de la DGSE n'avait pas grand intérêt à laisser un témoin de l'envergure de la commandante se balader dans la nature, avec tout ce qu'elle savait, elle pouvait encore lui être très utile. Potemkine me fixait tout en attachant son couteau de chasseur de grizzli à sa cheville.

— Dis-moi, le détective, tu trouves pas curieux que les Turcs se ramènent au moment où tu mets les voiles ? Qu'est-ce que t'as à dire pour éviter de mourir ?

Le cuirassé me provoquait sur un registre bien machiste : comparer la marine à voile et celle à moteur.

— Rien, sinon que tu dois avoir tes vapeurs. Pour autant, il faut que tu saches que ce n'est pas le genre de la maison de balancer, même les lascars de ton espèce.

Le marchand d'armes se redressa, son poignard à la main, prêt à en découdre. Heureusement, Malîn s'interposa, sinon j'étais bon pour une boutonnière.

— Potemkine ! Tu n'ennuies pas Nestor, c'est mon ami.

Le cuirassé rangea son canif en grognant. La commandante s'approcha, posa ses petites mains sur mes épaules et les massa avec force en enfonçant ses pouces :

— On va y aller. Tu ne m'en veux pas ?

— Pourquoi ? Bonne chance, Malîn.

Elle m'embrassa sur la bouche en souriant, un baiser appuyé, rapide et doux. Potemkine, de son côté, appelait un taxi Hubert. Ils descendirent en embarquant les deux boîtes qui contenaient les lance-roquettes. J'attendis que la Merco ait disparu dans le flux de voitures du boulevard de Belleville et contactai Faroux. Elle ne mit pas longtemps pour rejoindre la scène de crime.

— Trois morts, ça fait beaucoup, Nestor.

— La rime est bonne, commissaire, mais, la dernière fois où l'on s'est croisés, il y en avait plus encore.

— De quoi vous parlez ?

— Des morts. C'était bien au cimetière du Père-Lachaise ?

— Je ne suis pas d'humeur, Burma. Que faisiez-vous sur les lieux ? Quelle est votre implication dans ce carnage ?

— Vous savez bien que je n'ai rien à voir avec cette tuerie. J'ai eu le tuyau, j'ai rappliqué, j'ai constaté, je vous ai appelée. Vous pouvez vérifier, je n'ai pas utilisé mon arme.

— À la bonne heure, vous vous baladez avec une arme ? Le nom de votre indic, Burma.

— Je ne cite jamais mes sources, commissaire.

— Pourquoi ? Vous êtes journaliste et vous respectez le code déontologique de ce métier ? Ne vous êtes-vous pas déjà retrouvé en garde à vue à cause de cette désinvolture, ce refus de collaborer, cette manie d'entraver le bon déroulement d'une enquête ? Vous êtes un détective privé, Burma. Un simple détective ! Votre statut n'implique pas que vous nous priviez de vos sources !

— Je réitère ma réponse, commissaire, je ne cite jamais mes sources. Votre père le savait.

Stéphanie hurla :

— Ne parlez jamais de mon père en ma présence ! Surtout quand je suis en service ! Compris ?

— C'est enregistré, commissaire.

— Parfait ! Maintenant, dites-moi tout ce que vous savez au sujet de cette tuerie.

Je brodai, comme à mon habitude. Je possédais maintenant suffisamment de matière pour que ça passe comme un suppositoire – si, toutefois, la commissaire ne s'évertuait pas à trop serrer les miches :

— Pas grand-chose, et ce ne sont que des déductions. Le PKLF cherche à récupérer un dossier qui incrimine le gouvernement turc au sujet d'assassinats de citoyens kurdes sur notre territoire. Les Loups gris, faction fasciste à la solde du pouvoir turc, veulent aussi récupérer ce dossier. Persuadés que ce dernier est en possession du PKLF, les Loups sont venus le chercher en force à l'hôtel de Belleville, où ils savaient que

Malîn Berbang créchait. Manque de pot pour la secte fasciste, la commandante du PKLF se trouvait en compagnie de Potemkine, le marchand d'armes. Celui-ci, fort logiquement, a dû protéger la mère de sa fille en arrosant allègrement cette bande de salopards. J'imagine qu'Esturgeon, le patron de l'hôtel, a été éliminé par les Loups au début de l'attaque et que les deux fascistes qui sont restés sur le carreau se sont fait dégommer par Potemkine.

La commissaire m'observait, l'air dubitatif. Sans y mettre toute la force de persuasion dont j'étais capable, il est parfois difficile de mentir avec aplomb. J'estimais avoir été suffisamment crédible pour qu'elle soit un chouïa magnanime à mon égard. Mais, à son expression, je sentais qu'elle n'était pas totalement convaincue par ma prestation.

— Vous n'avez pas l'impression d'avoir un peu trop de parti pris dans cette affaire, Burma ?

— Sans plus, commissaire. Et puis, mon avis importe peu, je ne suis pas journaliste. Tout comme vous, je cherche la vérité.

Peut-être que j'en faisais trop, ou pas assez, aux yeux de Stéphanie. Enfin, cette fois-ci, j'évitai la garde à vue.

13

Y a pas photo

La clim ronronnait. Je m'étais levé du bon pied et j'avais décidé de passer à la vitesse supérieure. Penché sur mon bureau, j'observai à la loupe la photo trouvée au bordel. Kardiatou, assise derrière son ordinateur, relançait un client qui nous avait réglé avec un chèque en bois exotique. Elle observa mon activité en fronçant ses sourcils épilés :

— Qu'est-ce que vous fabriquez avec cette loupe, patron ?

— Je cherche un détail qui pourrait m'ouvrir des horizons nouveaux.

— Vous voulez que je la scanne ? Ça sera plus pratique que vous l'ayez sur votre iPhone. J'en profiterai pour faire des agrandissements, ainsi vous éviterez de vous abîmer les yeux en travaillant comme Sherlock Holmes.

La proposition de Kardiatou était judicieuse. C'étaient ces petits riens qui faisaient les grandes secrétaires.

— Je vais suivre vos conseils, chérie.

Je me levai et posai le document à côté de son clavier. Elle écarquilla ses yeux verts :

— Oh non ! Si j'avais su que c'était cette photo pornographique, je me serais abstenue.

— Ne faites pas la bécasse ni la prude, vous n'êtes ni l'une ni l'autre. Cette position est sans doute la plus usitée après celle du missionnaire.

— À vous écouter, vous passez votre vie en mission, patron.

— Ce qui m'intéresse, ce sont les visages des deux protagonistes et le tatouage du type.

Dix minutes plus tard, Kardiatou étalait sur mon bureau quelques feuillets représentant en gros plan les portraits des deux tourtereaux, ainsi que le tatouage du client. J'observai tout d'abord le profil de trois quarts de Malîn. C'était bien elle, plus jeune. Seul le rictus de souffrance qu'elle affichait, associé à ses larmes, faussait les parallèles que j'essayais de faire avec la femme qu'elle était devenue. Il m'aurait suffi de lui présenter le cliché pour en avoir le cœur net. Mais je ressentais un réel malaise rien qu'à l'idée de faire ce geste. Et puis, mon intuition m'indiquait que ce serait une erreur, que je risquais de griller le seul indice que je possédais. J'aurais pu aussi voir du côté de la DGSE. La réaction de Marchand, face à l'autre photo où Malîn posait seule, parlait d'elle-même. Mais ces gens étaient payés pour étouffer les affaires et non les élucider. Le gros plan du chauve n'apportait rien, sinon d'attester que c'était un porc. Par contre, son tatouage en forme de tête de loup, et à l'intérieur duquel on devinait un signe cabalistique, pouvait parler pour lui. Je demandai à ma secrétaire de faire une petite recherche de ce côté-là. Restait la piste de Yüksel la maquerelle, mais je n'avais pas la moindre idée où la trouver depuis qu'elle avait déménagé du 20e. Je composai le numéro de Mansour :

— Nestor ? Décidément, je te manque.

— Il faut que tu me trouves l'adresse de la proxo, celle qui m'a aligné avec son flingue de poche dans l'escalier du bordel. Tu dois pouvoir trouver des infos du côté de Potemkine par tes contacts des cités qui lui achètent des armes. Surtout, tu évites Marchand, il détient une partie des tenants et s'ingénie à récupérer toutes les pièces pour étouffer un scandale d'État. Je ne sais pas encore quoi, mais il y a un lien avec le MIT, le PKLF et ce foutu boxon de la rue de la Bidassoa.

— Tu abandonnes la piste des assassinats contre des militants kurdes ?

— Je ne sais pas encore. Ces exécutions sont bien réelles, un dossier avec des preuves irréfutables a été monté à ce sujet. Mais je pense qu'il y a deux affaires et que je me suis fourvoyé depuis le début. En fait, c'est mon pote Niki Java qui m'a induit en erreur. Ce n'est pas le dossier sur les assassinats politiques que cherchent à récupérer le PKLF, la DGSE et le MIT, il est d'une autre nature. Il pue tout autant, mais c'est un dossier différent.

— OK, Nestor, je pars en chasse.

Alors que je raccrochais, Kardiatou m'apostropha :

— Patron, j'allais oublier. J'ai fait des recherches au sujet de la famille Volkan, je vous ai mis tout ce que j'ai trouvé là-dedans.

Ma secrétaire posa sur mon bureau une pochette en plastique qui contenait différents documents imprimés. La famille Volkan venait d'Istanbul. Riches marchands de tapis, ils avaient émigré à Paris en 1916, pendant le génocide arménien. Mariage mixte : le père Vahap Volkan était turc, et sa femme, Arminé Berberian, arménienne. Toute la famille de cette dernière avait été massacrée par les Ottomans, et le retour au pays s'avéra impossible. Malgré l'horreur de la situation, les affaires de Vahap Volkan étaient florissantes. Le couple eut sept enfants, dont quatre naquirent à Paris ; deux moururent à Verdun. Leurs descendants firent des mariages musulmans, orthodoxes et agnostiques, et eurent eux-mêmes beaucoup d'enfants. À la mort du vieux Vahap, une concession à perpétuité fut acquise par la famille Volkan au cimetière du Père-Lachaise et un caveau monumental fut construit. Parmi les petits-enfants, dans la tradition familiale d'ouverture vers les autres, une lignée était à moitié kurde. Yetkin, l'aîné de Vahap et Arminé, se maria avec Ciwana, une belle et farouche Kurde.

Je continuai par un article que Kardiatou avait fait traduire et mis en exergue, pêché sur le site officiel des combattants du PKK irakien engagé sur le front syrien. Une photo, qui illustrait l'article, montrait la commandante Malîn Berbang, assise sur un char de combat russe, entourée de ses troupes, composées principalement d'hommes qui la vénéraient, si l'on en croyait l'auteur du papier. Ce que je découvris ensuite, dans une coupure de presse émanant du *Canard enchaîné*, était moins glorieux pour la famille Volkan. Un cousin germain de Malîn, issu de l'une des lignées musulmanes de la famille, était tombé pour meurtre, proxénétisme aggravé, enlèvements et tortures sur mineures. Il s'était pris vingt-cinq ans de taule incompressibles. La France avait refusé de l'extrader. Dans cette affaire, un détail ne manqua pas de me laisser songeur. Dans la liste des victimes de l'ordure en question, plusieurs jeunes filles étaient ses cousines. Ces dernières étant mineures au moment des faits, leurs noms n'étaient pas cités dans l'article. J'étais soufflé. Rien de nouveau sous le soleil, toujours la même vermine, l'ennemi universel. Peu importait leurs origines ethniques, leurs totems, leurs noms de bestiole : les faucons, les vrais aigles, les loups, les ours, qu'ils soient vichystes, gestapistes, chemises noires, franquistes ou chiottes à la turque. À des moments précis de l'Histoire, notamment quand les économies se cassaient la gueule, ils lessivaient les nations dans le sang de leur peuple. Et, aujourd'hui encore, ils perpétraient le génocide sous d'autres vocables, avec des ordres plus nouveaux, qu'ils soient en uniforme fantoche, en costard trois pièces démodé, barbus en djellaba avec des bombinettes en guise de castagnettes, à cheval sur les missiles mais jamais sur les principes, toujours alliés avec l'abjection la plus totale, à l'image des Loups gris.

— Bon boulot, Kardiatou. Je vais avoir besoin de votre ordinateur pour me rencarder un peu mieux sur ces prédateurs.

En tapant « Loups gris », le moteur de recherche ne me proposa pas *L'Histoire des trois petits cochons*, mais la saga de la bande de cloportes qui m'intéressait. Les Loups gris avaient donc pointé leurs gueules en Turquie à la fin des années 1960, sous la houlette d'un certain colonel Alparslan Türkes, ancien adepte d'Adolf Hitler et fasciste notoire, quand le Parti d'action national avait décidé de mettre en place une faction jeunesse, l'équivalent turc des Jeunesses hitlériennes.

Le mouvement commençait donc sous les meilleurs auspices...

Pour le gouvernement turc, les Loups gris étaient un bras armé qui permettait de combattre l'opposition de gauche sans la police ou l'armée. Les autorités se servaient des Loups pour créer une situation d'instabilité au sein de la société.

Un classique, en quelque sorte. Je continuai à m'instruire.

Les Loups gris agissaient au profit du régime. Ils tuaient des activistes libéraux, des militants de gauche, des intellectuels, des responsables syndicaux, des Kurdes ethniques, des journalistes et des fonctionnaires.

On pouvait légitimement se demander qui restait debout après une telle razzia. Cela me rappela une anecdote entendue à la radio, à l'image de l'inconséquence du tenant du pouvoir actuel en Turquie. À la suite du dernier coup d'État virtuel, il avait pratiqué des purges à tour de bras dans tous les secteurs, notamment chez les militaires. Résultat des courses, après avoir viré une grande partie des effectifs de l'armée de l'air, ce charlot se retrouvait avec la moitié de ses avions de chasse cloués au sol sans pilotes. Ces derniers, qui gagnaient quatre fois mieux leur vie dans le civil, étaient dans l'obligation de réintégrer leur poste, au risque de se retrouver derrière les barreaux. Je repris ma lecture.

Les Loups gris furent notamment les auteurs du massacre de Maras, où une centaine d'alaouites trouvèrent la mort en l'espace d'une semaine, ainsi que de la fusillade lors de la manifestation du 1ᵉʳ mai 1977 sur la place Taksim, qui s'était soldée par 42 morts. Au tribunal, les Loups gris sont accusés de 694 assassinats. L'organisation est interdite, de nombreux leaders sont emprisonnés. Cependant, elle n'a pas disparu. Les Loups sont entrés dans la clandestinité pour lancer une vaste campagne terroriste contre ceux qu'ils considèrent comme les ennemis de la Turquie. Le « pompon » fut la tentative d'assassinat contre le pape Jean-Paul II, le 13 mai 1981. Le Loup gris Mehmet Ali Agca, évadé de prison, avait tiré sur le pape à bout portant. Aujourd'hui, les Loups gris ont renforcé leurs liens avec les services de renseignements de l'Otan et noué des contacts avec le narcotrafic international. On sait notamment qu'ils ont envoyé au Proche-Orient des armes des arsenaux de l'Alliance contre de l'héroïne, qui était redirigée aux États-Unis via la mafia italienne. Le colonel Türkes et ses Loups gris furent à nouveau sollicités par Ankara, et leur activité de nouveau autorisée.

L'article, fort instructif, terminait en précisant que la principale base étrangère des Loups gris était l'Europe – essentiellement l'Allemagne, les Pays-Bas et la Belgique – et qu'en général, ils agissaient sous couvert d'organisations culturelles chargées de la sauvegarde de l'identité turque.

Cela ressemblait étrangement à ce qui s'était passé en 2013, à Paris, quand un membre des Loups gris avait froidement abattu de plusieurs balles dans la tête trois militantes kurdes : Sakine Cansiz, l'une des fondatrices du PKK, Fidan Dogan, surnommée « la diplomate », et Leyla Saylemez, dite « la guerrière », chargée de former des femmes à la guérilla, une Malîn Berbang plus jeune, en quelque sorte.

14

La maquerelle se rebelle

La rue des Balkans était beaucoup plus calme que son nom le laissait présager, une petite rue anonyme du 20ᵉ sans histoires, un paradoxe, comme souvent les rues de Paname s'ingénient à se présenter pour mieux brouiller les pistes. Les quartiers vivaient au rythme de leurs mutations, les strates se superposaient, les couches de populations étaient remplacées au gré des émigrations et de la douleur du monde. Seule la pierre restait avec son nom d'origine. La boucherie devenait l'écrin de luxe d'un couturier évaporé qui s'obstinait à présenter ses étoffes pendues à des crocs, ceux-là mêmes qui servaient de portemanteaux à quelques collabos, avant que leur propre sang soit épongé par la sciure.

Je passai lentement devant l'immeuble pour me faire une idée et garai la Fiat plus loin, rue Vitruve. Je claquai la portière et enfonçai mon feutre sur la tête. Les poings fermés au fond des poches, j'avais opté pour jouer la carte du dur à cuir, le détective de choc qui ne se démonte pas à la première mandale. Je m'arrêtai devant la bâtisse bourgeoise, qui hésitait entre le rupin moyen et l'haussmannien. Une plaque, fixée sous l'enseigne d'une infirmière libérale, indiquait : « Amicale des Turcs de France ». Je n'étais pas là pour faire ami-ami avec ce genre de zouaves, pas plus que l'infirmière n'avait demandé que sa plaque de bienfaitrice partage la façade avec celle d'une association de malfaiteurs. Je poussai la porte en fer forgé ajourée et passai devant la loge de la pipelette. Occultant sciemment l'ascenseur branlant d'origine, modèle cercueil vertical interdit aux sumotoris, je grimpai l'escalier aux marches encaustiquées à la cire d'abeille, protégé par un épais tapis rouge. Mansour m'avait signalé que le bureau de l'association était perché au troisième. Je comptais les barres rutilantes en laiton qui fixaient le tapis tout en échafaudant un plan qui ne pouvait briller que par son incongruité, puisque je n'avais rien préparé. Sur le palier, je m'arrêtai devant l'unique et imposante porte en bois verni. Sous la sonnette, une simple carte de visite punaisée indiquait que j'étais arrivé à destination. Je sortis le québécois de son étui. Il ne parlait pas plus le turc que moi, mais sa langue était universelle. Puis, j'écrasai mon pouce sur le téton en Bakélite, qui émit un son de crécelle. J'appuyai à nouveau par habitude. Une voix irritée de femme indiqua sa présence :

— Ça va, Yilmaz ! Ça va, j'arrive !

La chaînette de sécurité glissa et, sans que l'œil-de-bœuf ait cillé, Sésame ouvrit grand ses gambettes. Yüksel, qui était prête à incendier le sieur Yilmaz pour son insupportable impatience, se figea devant mon *gun*. La maquerelle, toujours aussi élégante, chaussée cette fois-ci d'escarpins vernis rouge vermillon, accusait nettement plus ses soixante ans et des brouettes que lors de notre première rencontre. Elle portait une robe longue, claire et légère, griffée comme il se devait.

Ses cheveux platine s'accommodaient toujours aussi mal à la noirceur de ses sourcils, mais les Orientaux se foutaient totalement des goûts des Occidentaux. Les loukoums avaient la faveur du peuple, tandis que les princes du désert s'achetaient des cure-dents. Je devais afficher une attitude suffisamment déterminée pour que Yüksel n'essaie pas de me claquer la porte au nez. Je fis un pas en avant, investissant l'appartement avec mon index posé à la verticale sur mes lèvres. Ce qui signifiait en esperanto qu'il fallait qu'elle la boucle, mais cela devait aussi fonctionner en turc. Elle fit deux pas en arrière, mais trop de côté à mon goût. Tout comme les couleurs, le goût ne se discute pas, mais là, c'était moi qui tenais la pétoire. Je lui signifiai en écarquillant les yeux, tout en pointant le canon de mon arme dans ses côtes flottantes, qu'il ne fallait pas qu'elle songe une seconde à m'enfler. C'était tout de même cette laitue qui s'était permis de m'arroser en pleine canicule, avec la seule idée de me sécher. Je m'approchai plus près d'elle et, brutalement, passai mon bras libre autour de son cou. Elle sursauta, mais ne cria pas. Je murmurai à son oreille de vieille pie – ne pas confondre avec VIP, elle n'en avait pas les qualités :

— Tu es seule, la maquerelle ?

Elle fit « oui » de la tête.

— Où tu caches ton derringer ?

— Dans ma culotte.

— Donne.

— Viens le chercher, lopette !

Et elle frotta son cul contre ma cuisse, adoptant une attitude grotesque qu'elle imaginait lascive. Si elle pensait me filer le barreau de la sorte...

— Arrête de me lustrer le jean et passe-moi ton deux-coups.

— Je sais pourquoi tu le veux, minable. C'est pour remplacer ton petit engin précoce qui marche un coup sur deux.

Je ne tombai pas dans la provocation. Les putes de bas étage avaient leur vocabulaire et leurs codes, les maquerelles étaient leurs reines. Et bien que celle-ci crèche au 4e, elle avait conservé ses mauvaises manières. Avec sa longue expérience, elle représentait à mes yeux une encyclopédie complète de putasseries. La meilleure illustration de son talent ne se fit pas attendre. Elle glissa sa main dans la fente de sa robe, qui remontait haut jusqu'à sa hanche, et saisit le derringer attaché à sa jarretière. Puis, vive comme un serpent, sa main armée fusa. Je lui assénai *in extremis* un coup au menton avec le bas de la crosse du québécois. Groggy, elle tomba sur les genoux et lâcha son pistolet. Je la laissai choir et ramassai le derringer, que j'empochai. Elle affichait un sourire diabolique. Elle aimait la douleur. De mon côté, frapper une femme me filait la nausée et elle le comprit.

— Tu aimes les coups, moi pas. Mais au prochain geste suspect, je te casse les dents. Et je sais que tu tiens à ton physique plus que tout, vieille peau.

Touchée en plein cœur. Toute la haine du monde se lisait à présent dans le regard de Yüksel. Elle se redressa, refusant mon aide en levant la main avec mépris :

— Ne me touche pas, bâtard !

Je la poussai sans ménagement.

— Allez, on passe au salon, j'ai quelques questions à te poser.

L'appartement était aussi baroque que celui de la rue de la Bidassoa, en plus chic. L'Amicale des Turcs de France était bien sûr une façade, aucune pièce n'était aménagée en bureau ou en salle de travail. Mansour croyait savoir que la propriétaire n'était autre que la femme de l'ambassadeur de Turquie en France. Cette dernière l'avait acquis alors qu'elle faisait ses études à Paris et le louait à la pseudo association turque. Je m'assis dans un fauteuil club alors que Yüksel s'installait confortablement sur l'immense canapé, retirant ses escarpins et allongeant ses jambes.

Je lui demandai :

— Yilmaz arrive quand ?

Elle alluma une nuigrave.

— Quel Yilmaz ?

— Celui que tu attendais à ma place. Je t'ai entendu prononcer son nom derrière la porte. Jamais tu n'aurais ouvert sans regarder dans le judas si tu n'attendais pas quelqu'un. Ne me fait pas perdre mon temps, j'ai toujours dans la tête que tu as essayé de me descendre, la maquerelle. Du coup, je n'aurais pas la patience ni l'élégance que j'adopte généralement avec le beau sexe. Pense à tes dents. Je t'écoute, magne-toi !

— Il devait passer ce matin, mais rien n'est sûr.

— Tu me racontes ce que tu veux. Dans tous les cas, si ça sonne, tu la fermes. Sinon, je te descends.

— Tu serais incapable de tirer sur une femme. Et plus, t'es un flic, on ne descend pas les gens froidement dans le pays des droits de l'homme.

— Je ne suis pas flic, mais détective. Alors, je me contenterai de te casser les dents.

Elle n'aimait pas que je parle de ses dents. Elle avait dû en avoir pour une petite fortune avec ses implants. À l'évidence, ce n'était pas une histoire d'argent, mais c'était long pour obtenir des rendez-vous et les interventions étaient compliquées. Qu'on lui botte le cul la faisait jouir, mais l'idée qu'on lui refasse la calandre l'angoissait littéralement. Enfin, je savais comment la faire obtempérer en cas de besoin.

— Tu connais une femme qui s'appelle Malîn Berbang ?

Yüksel me regarda avec des yeux de poisson mort.

— Jamais entendu parler.

Je posai sur la table basse un agrandissement du visage de la commandante, plus jeune, quand elle se faisait visiter par Charles le chauve. Elle eut un léger sursaut.

— Jamais vue.

— Pourtant, cette photo a été prise dans ton bordel, rue de la Bidassoa, il y a longtemps.

La maquerelle me toisait. Elle avait retrouvé toute sa superbe.

— Elle aurait pu être prise n'importe où. Un portrait en gros plan, ça n'indique rien. De toute façon, je n'ai jamais vu cette fille.

Elle avait raison, cet agrandissement hors de son contexte ne signifiait rien. Et la photo représentant Malîn seule, sur laquelle on pouvait reconnaître peu ou prou l'endroit où elle se trouvait, était entre les mains de la DGSE. Je me sentis brusquement démuni. Ce qui n'empêchait pas que je devais continuer à maintenir la pression sur la maquerelle.

— Cette fille était l'une de tes pensionnaires. Aujourd'hui, c'est une guerrière. Tu dis que tu ne l'as jamais vue, mais nous savons tous les deux que c'est faux. La commandante Malîn Berbang est connue comme le loup blanc chez les Loups gris. Il y a eu de nombreux reportages sur elle, à la télé, sur le Net, même dans *Paris Match*.

Cette fois, Yüksel frissonna.

— Je sais qu'elle te cherche. Et quand elle te trouvera, elle t'arrachera les ratiches une par une avec une paire de tenailles avant de t'écorcher vive de ses propres mains. Elle me l'a dit, et je sais qu'elle le fera, sa détermination est entière. Je te conseille vivement de te livrer à la police avant que Malîn ne t'attrape. Sinon, c'est moi qui serais obligé de m'en charger.

La maquerelle ricana :

— Me livrer pourquoi ? Ça fait longtemps que le bordel n'existe plus, cette affaire est classée.

— Pour le meurtre de Seryal Zera.

Yüksel souriait. Elle devait être tellement sûre d'être protégée par les Loups gris, le MIT, voir la DGSE, et relâchée dans la foulée, que mes menaces sonnaient creux comme la pipe à tête de taureau de Louis Martinet. Et elle avait sans doute raison. Les autorités savaient qu'elle avait assassiné Seryal Zera ; pour autant, elle n'avait jamais été inquiétée. Des intérêts supérieurs faisaient que ce genre d'individus se baladaient dans la nature. J'étais dans une impasse, mais je n'y restai pas longtemps. En effet, un terrible coup derrière la cafetière me fit visiter les étoiles ; j'en vis de toutes les couleurs. Je n'essayai pas de me rattraper au bastingage, un second coup aurait pu m'être fatal. Je me laissai glisser au fond de mes chaussettes, essayant de ne penser à rien. En feignant l'inconscience, peut-être que j'apprendrais des choses sur le fonctionnement de cette organisation politique, terroriste et mafieuse. J'entendis parler arabe, ou était-ce du turc ? Comme la plupart de mes contemporains, j'étais incapable de discerner ces langues. On mit de la musique, je reconnus le « Rondo à la turque », peut-être pour couvrir les voix, au cas où je comprenne leur sabir. Puis, j'entendis distinctement Yüksel, qui excellait dans tout ce qui était illicite :

— Yilmaz, si tu penses qu'il est encore conscient et que peut-être il comprend le turc et va répéter tout ce qu'il entend aux flics, aux Kurdes ou à la presse, alors tu l'assommes une bonne fois pour toutes.

— Et si je le tue ?

— Et bien, ça fera un fouineur de moins et comme ça on sera sûrs qu'il ne parlera pas.

J'aurais bien dit à Yilmaz de laisser tomber, que cela ne servait à rien de me défoncer un peu plus le crâne, mais je ne comprenais pas ce que baragouinait Yüksel. C'est pourquoi je fus pris par surprise. Yilmaz avait la main lourde, mais il fit en sorte que j'en réchappe. Il devait avoir des comptes à rendre à plus important qu'une maquerelle et ne tenait pas à porter le chapeau de l'assassinat d'un flic privé français. J'eus moins mal que le premier coup de matraque, mais le puits était sans fond.

15

Têtes de Turcs et beurre rance

Quand j'ouvris les persiennes, j'eus l'impression d'avoir la tête prise dans un étau et qu'elle allait éclater comme une pastèque. J'avais terriblement soif et une douleur lancinante zébrait mon cortex. Je ne savais pas où j'étais. Une vague lueur provenait d'un soupirail placé en hauteur. Il fallut un moment avant que j'arrive à fixer un point sans que ma vue se brouille. On m'avait assis sur une chaise, les mains liées derrière le dos, et mes chevilles étaient entravées. Mes yeux s'habituèrent à l'obscurité et distinguèrent des murs voûtés. J'en déduisis que j'étais retenu dans une cave. Je me redressai afin d'adopter une position plus confortable et sentis au poids de mon holster qu'il était vide. Mon fidèle P14-45 Para-Ordnance, dit le québécois, avait lui aussi été mis au rancart. Je comprenais mal pourquoi les Loups gris m'avaient enlevé. S'ils considéraient que je représentais un danger pour eux, ils m'auraient déjà supprimé. Je n'étais pas un policier. Les membres du MIT obéissaient à des ordres politiques et savaient faire la différence entre un détective privé et un poulet. Ils voulaient sûrement m'interroger. J'avais réussi à trouver trois de leurs planques historiques en un temps record, et la maquerelle devait sérieusement avoir les abeilles d'être à nouveau obligée de faire ses valises. Les barbouzes voulaient sans doute savoir d'où je tenais mes informations et ce n'était pas bon pour mon matricule. Quand je refusais de donner mes sources à la commissaire Faroux, je risquais tout au plus une garde à vue, voire une perquisition. On était en France, pays des droits de l'homme, comme le disait si bien Yüksel. Il arrivait que l'on se prenne quelques coups de vieux Bottin, parfois certains ne se relevaient pas... Mais, globalement, c'était rare. Tandis que là, avec ces malades adeptes du coupe-chou et du sourire kabyle, je m'attendais au pire. Ma source s'appelait Mansour, et le gamin ne devait pas payer ma mauvaise gestion des événements. Je m'étais mis seul dans cette mouise et je devais tout faire pour m'en sortir sans dégâts collatéraux. Ma préoccupation du moment était de me mettre en condition mentale pour pouvoir affronter cette meute de loups.

La porte s'ouvrit et une lumière crue, émise par une lampe torche, balaya le sol en terre battue. Ils étaient trois. Yüksel la maquerelle se tenait au centre avec, à sa droite, un cube aussi large que haut en manches de chemise et qui tirait sur une cibiche turque, et, à sa gauche, un grand maigre dans un costard croisé taillé sur mesure, couleur beurre-frais, avec une pochette assortie à la robe turquoise de la maquerelle. Le trio se planta devant moi, le regard torve, la lippe dédaigneuse, l'attitude bestiale. Le beurre frais, qui paraissait être le chef, me planta le faisceau de sa lampe dans les yeux, telle une banderille :

— Alors, c'est toi, Burma ? L'œuf qui veut se faire plus gros que le bœuf et pactise avec les ennemis de l'Empire ottoman ?

Je ne savais pas si c'était du lard ou du cochon, et surtout comment interpréter les propos de cette caricature de proxo, avec sa moustache à la Dario Moreno, qui mélangeait ardemment l'œuf et la grenouille des fables pour obtenir une curieuse omelette. Le chacal à foi jaune reprit :

— Il y a un informateur zélé qui te rencarde, Burma, et je veux le nom de cette fouine. Sinon, Yalçin ici présent, avec ses cent trente kilos et le pois chiche qui lui sert de cerveau, va te découper en cube pour l'apéritif des caïmans du zoo de Vincennes.

Là encore, le chacal confondait fouine et taupe, et ignorait qu'aucun saurien n'était locataire au zoo de Vincennes. Ce qui en disait long sur l'état des services secrets turcs après les purges drastiques du nouveau dictateur. Yalçin me souriait ; toutes ses dents étaient en or. On se serait cru sur le tournage d'un film de cinéma bis turc fauché. À tout moment, je m'attendais à ce qu'un assistant gueule « Moteur ! » et « Coupez ! » Mais je n'avais rien à attendre, la situation semblait ne pas évoluer d'un iota. J'étais face à trois psychopathes qui roulaient pour une organisation fasciste ne reculant devant rien, à moins d'être stoppée de façon radicale. Si personne n'intervenait de l'extérieur, j'étais bel et bien perdu. Kardiatou savait que je me rendais rue des Balkans, mais il était encore trop tôt pour qu'elle s'inquiète et prévienne Mansour. Et quand bien même se rendraient-ils à l'Amicale des Turcs de France, ils trouveraient porte close.

— On n'a pas toute la journée, Burma, reprit le mac en costard beurre-frais devant mon silence.

Gagner du temps avant d'être transformé en tartare.

Raconter des salades qui ressemblent à des vérités, la spécialité d'une de mes amies niçoises. Sous leur apparence de primates, ces trois loups ne participaient pas à un bal masqué : ils étaient vraiment des primates. Leur chef en beurre-frais n'avait pas la tête à avoir inventé le fil à couper les cheveux en quatre. La maquerelle m'avait déjà servi plusieurs de ses échantillons qui filaient la migraine. Et que dire de l'Apéricube XXXL, qui venait de sortir un rasoir en forme de cimeterre, avec le manche en corne incrusté de pierres précieuses factices ?

Je devais réagir, et vite, pour ma survie en essayant de ne pas vexer cette bande de dégénérés avec mes bons maux qui faisaient mal.

— Bien, comme je n'ai pas envie de participer au processus de fabrication d'une paire de grolles en peau de croco ou d'un sac à main doublé en peau de fesse...

— J'aime bien l'idée, fit Yüksel.

— Je suis plus DS.

— Je commence ? demanda le cube.

— Non, Yalçin, je sens que le détective veut nous dire quelque chose, répondit le beurre frais.

— Vous pouvez demander au cube de ranger son canif ? Et peut-être, aussi, de me détacher les mains ?

La vieille louve et ses deux louveteaux me fixaient sans mot dire. Tous les chemins mènent à Rome, mais ces trois-là avaient tout de même besoin d'un GPS. Comme ils étaient longs à la détente, ce qui m'arrangeait dans l'instantané, mais m'empêchait d'envisager le moindre plan basket, j'insistai lourdement :

— Analysez la situation. Qu'avez-vous à craindre de moi ? Vous êtes trois, armés jusqu'aux dents. Je suis seul, deux mains derrière, un avenir partiellement bouché devant. Je vous dirai tout ce que vous voulez savoir, mais détachez-moi au moins les mains.

— Je suis pour le zigouiller maintenant, fit Yüksel avec un rictus qu'elle avait dû piquer dans une telenovela brésilienne. Il va nous mener en bateau et, de toute manière, il en sait trop, on devra l'éliminer.

— S'il ne donne pas le nom de son informateur, sa mort ne servira à rien. Ferme-la, Yüksel, c'est une affaire d'hommes. Tu t'occupes de tes putes et tu me laisses gérer le bizness.

Je me permis d'appuyer la sage résolution du salopard en costard :

— Je suis tout à fait d'accord avec vous. Depuis quand une pute décide-t-elle à la place du boss ?

La maquerelle me cracha une insulte en turc qui, forcément, me passa par-dessus les écoutilles.

— Jamais tu réfléchis, vieille peau ? Je ne comprends pas le turc. Tu traduis ou tu n'uses pas ta salive pour rien.

Yüksel me fusilla du regard ; une violence animale lui bouffait les entrailles. Le cube ne pipait mot ; je n'étais pas sûr qu'il comprenne tout ce qui se passait. Ce n'était qu'un exécutant, il exécutait les ordres, ainsi que les ennemis de la Turquie que le chef lui demandait d'exécuter.

Ce dernier murmura :

— Yalçin, coupe ses liens, exécution.

— Je l'exécute ?

— Mais non, qu'il est con ! Ses liens.

Mon cœur se mit à battre très fort, c'était maintenant ou jamais. Kardiatou et Mansour ne viendraient plus. Je ne pouvais compter que sur ma pomme, sans économe, en évitant de terminer en compote. Le cube, armé de son coupe-chou en forme de cimeterre, sectionna les cordes qui serraient mes chevilles, ainsi que ma ceinture en cuir de chevreau retourné du Népal, cadeau de Kardiatou, qui m'immobilisait les poignets, triple idiot ! Et, alors que le cerbère se retournait pour rejoindre son patron, je plongeai ma main dans la poche de mon blouson pour y pêcher le derringer que j'avais piqué à la maquerelle, rue des Balkans. Les Turcs m'avaient en effet confisqué le québécois, sans imaginer une seconde que je possédais une autre arme, en l'occurrence le mini flingue, qui était passé à l'as. Je ressortis ma pogne équipée du pistolet-jouet et visai la tête du cube, exercice relativement aisé pour un tireur expérimenté. Imaginez exploser un gros melon posé sur une barrique à cinq mètres. Cela fit le même bruit. Le beurre frais tourna et devint rance en deux coups de cuillère à pot. À présent, il était vert-de-gris, comme la couche veloutée sur une motte de beurre oubliée dans un frigo débranché ; c'était aussi la couleur des uniformes des schleus quand ils occupaient Paris... Ce qui ne s'arrangea pas quand il reçut la deuxième et dernière bastos du derringer dans le front alors qu'il appuyait sur la détente de mon propre flingue. Le québécois ne joua pas la voix de son maître, il était juste resté coi parce que je ne retirais jamais la sécurité. La maquerelle, armée elle aussi, qui semblait être la plus prompte à m'effacer de la surface de la terre, préféra se faire la cerise. Elle était pourtant bien placée pour savoir que son pistolet-gadget ne distribuait pas plus de deux pralines à la fois. Je tentai de la rattraper, mais mon futal me tombait sur les godasses quand je courais. Yüksel ne saurait sans doute jamais que le cube l'avait tirée d'un mauvais pas ce jour-là. Et puis, il me fallait bien reconnaître que, cette fois-ci, ce n'était pas passé loin. À trop forcer ma chance, je risquais un jour l'indigestion de pruneaux.

J'observai ce nouveau massacre en me demandant comment j'allais expliquer à Faroux que c'était eux ou moi. C'en était trop après le carnage de l'hôtel de Belleville. Stéphanie n'aurait pas la moindre disposition pour songer à me sortir de ce bourbier. Qui croirait à la thèse de mon enlèvement et de la légitime défense ? Le MIT, via la DGSE, allait en profiter pour régler mon cas en me chargeant sévèrement. Descendre deux membres des Loups gris, transfuges des services secrets turcs : je n'avais pas fait dans la dentelle. Je risquai la Santé, et la mienne de surcroît. Je ne voyais qu'une solution : maquiller la scène du crime. L'arme appartenait à un membre notoire d'une organisation terroriste étrangère qui opérait sur notre territoire. Cette arme avait descendu deux crapules, membres elles-mêmes de ladite organisation terroriste. L'explication la plus plausible était le règlement de comptes entre factions rivales appartenant au même groupe, à savoir les Loups gris, un classique chez les Turcs.

Je me sentis ragaillardi et gueulai ma satisfaction d'avoir pondu cette version :

— La vache ! Burma, t'aurais fait un putain de juge d'instruction !

— Y a quelqu'un ?

Je sursautai et me retournai vivement. La voix venait de derrière la porte, une voix d'outre-tombe. Je reculai lentement, le québécois que j'avais récupéré tendu à bout du bras, la sécurité retirée. Tapie dans l'ombre, les yeux fouillant les ténèbres, j'attendais. Mon palpitant tapait si fort que j'avais du mal à fixer mes pensées.

— Qui est là ? Montre-toi ou je tire à vue.

— Nestor ? C'est moi, Mansour.

Et ce dernier poussa la porte brusquement. Lui aussi tenait une arme de poing.

— Mansour ? Qu'est-ce que tu fous là, renégat ? Il y a une demi-heure, oui, j'avais besoin de toi. Tu te ramènes comme une danseuse quand la guerre est finie ! Mais vous n'auriez jamais récupéré l'Algérie si tes ancêtres s'étaient...

Je m'arrêtai net – je déraillais –, laissant un silence de plomb s'installer. L'angoisse et le stress me ramenaient à de vieilles histoires que l'on me racontait quand j'étais chiard. Dans les moments de grande tension, ça remontait par vagues, comme un ressac chargé de poison. Ce n'était pourtant pas ma guerre, ni celle-ci ni une autre. Je détestais ces conflits qui, doucement mais sûrement, nous guidaient vers le pire. Les deux seules guerres que je respectais étaient des guerres civiles, la Commune de Paris et la guerre d'Espagne côté républicain, avec une admiration sans bornes pour la colonne Durruti. J'étais en état de choc. J'avais eu tellement les foies qu'il fallait que je m'en prenne à quelqu'un. Et c'était tombé sur Mansour, fils de harki – saloperie de guerre ! J'avais flingué deux hommes, ce n'était pas dans mes habitudes. J'avais juste sauvé ma peau et j'avais beau retourner la situation dans tous les sens, si c'était à refaire, c'était kif. Et puis, basta, je n'avais pas à me justifier. Deux fascistes voulaient me rectifier, et c'étaient eux qui s'étaient fait cramer, fermez les bans. Mansour, qui avait saisi que je n'étais pas dans mon état normal, s'approcha et découvrit les deux cadavres. Après avoir jaugé la situation, il posa sa main sur mon épaule.

— Nestor, il ne faut pas rester là. Les coups de feu ont peut-être été signalés. Est-ce qu'il y a un objet qui t'appartient ?

Les mains posées sur le dossier de ma chaise de condamné, je murmurai presque :

— Le derringer sur le sol, tu essuies toutes les empreintes et tu le reposes. On va emporter cette chaise pour la brûler. À un moment, j'ai pensé placer le flingue dans la main gauche du mec en costard beurre-frais, il a essayé de me buter en tirant de cette main. On aurait pu ainsi penser qu'il avait flingué son copain par-derrière en lui logeant une balle dans le citron et qu'il se serait ensuite donné la mort en se tirant une bastos dans le front. Mais les experts en balistique auraient capté que c'était impossible. Ça ne sert à rien de perdre du temps à maquiller une scène de crime si c'est pour que les experts te prouvent ensuite le contraire. En plus, ç'aurait été un faux témoignage de ma part. Alors, on va en rester aux faits, ce qui s'est vraiment passé. La pute les a séchés et elle s'est caltée.

Mansour me regardait comme si j'étais un extraterrestre :

— En laissant son flingue sur place ?

— Exactement, mais sans ses empreintes. Sur ce coup-là, je n'ai pas envie d'aider la police.

Et nous remontâmes à la surface, débouchant dans le hall bourgeois de l'immeuble de la rue des Balkans. Les Loups gris m'avaient tout simplement descendu à la cave pour me descendre.

16

Couscous à tous les étages

J'émergeai doucement, allongé, les bras en croix, sur le drap trempé de sueur. Quelques ricochets des bruits de la ville entraient par effraction à travers la fenêtre grand ouverte qui donnait sur la cour. Le soleil était haut et chaud comme un brasero de gaucho dans la pampa, perdu dans un ciel trop blanc irisé de bleu. Je m'assis sur le lit en me grattant la tête. Un mal de cheveux, difficilement identifiable entre les coups de matraque et la cuite carabinée au rhum que je m'étais prise la veille au soir en compagnie de Mansour, me lançait des décharges. Je ne me souvenais strictement de rien concernant cette biture. Je passai sous la douche et laissai couler l'eau sur ma tête cabossée pendant une éternité. J'enfilai ensuite mon peignoir en éponge couleur taupe avec des rayures jaune moutarde, avant de pousser la porte du bureau. Kardiatou leva son nez du journal posé devant elle.

— Bien dormi, patron ?
— Déjà au bureau ?
— Ce que j'aime chez vous, Nestor, c'est que, même dans les situations les plus critiques, vous ne vous départissez jamais de votre sens de l'humour.

— Chérie, ce serait trop vous demander de me faire un kawa ?

— Bien que ce soit plutôt l'heure de l'apéro, j'ai anticipé quand j'ai vu que vous n'étiez pas encore levé à midi.

Elle se dandina jusqu'à la cafetière et emplit de café noir sans sucre mon mug attitré à l'effigie de Pam Grier, qu'elle posa près du journal. Je m'installai en la bouffant des yeux. Elle portait une robe légère à fleurs, très courte, qui s'ouvrait et se fermait par-derrière à l'aide d'une impressionnante succession de minuscules boutons en nacre.

— Vous êtes ravissante, mais ça ne doit pas être simple à retirer, cette affaire.

— Vous pensez, ce sont des boutons-pression, il suffit de faire comme ça.

Et elle dégrafa l'ensemble, joignant ainsi le geste à la parole, se retrouvant en culotte et soutien-gorge au milieu du bureau, dans un magnifique ensemble rose tendre à balconnet plongeant et ficelle entre les fesses.

— Kardiatou ? Mais... qu'est-ce qui vous prend ?

— Je ne sais pas, patron. Vous vous pointez au bureau à poil sous votre peignoir, les cheveux mouillés, j'ai pensé que c'était le grand jour.

Je réalisai brusquement la situation, qui pouvait effectivement prêter à confusion.

— Je suis désolé, vous avez totalement raison, chérie. Je bois juste quelques gorgées et je vais m'habiller. Je m'excuse. Depuis hier, je suis complètement déboussolé.

— Oui, Mansour m'a raconté. Vous êtes un dur à cuire, patron, mais je sais aussi que vous pouvez être très tendre.

Et elle vint s'asseoir très naturellement sur mes genoux.

Ce n'était pas la première fois, un jeu coquin qui ne mangeait pas de pain. Mais ses miches avaient faim, et elle sentit de façon significative que je n'étais pas en reste. Elle se leva d'un bond.

— Nestor ! Vous, alors...

— Désolé, chérie, mais quand on joue avec le feu, on se brûle.

Elle attrapa sa robe à boutons-pression.

— Je vais prendre une douche. Lisez donc l'article sur la colonne de droite.

Et tandis qu'elle s'éloignait vers la chambre, je me repaissais du spectacle de son joufflu, qui ondulait au rythme de ses hanches. La tête bourdonnante, j'avalai une gorgée de jus brûlant. L'article expliquait par le menu comment une ancienne prostituée turque, qui avait fait partie du réseau de Madame Claude dans les années 1970, avait été identifiée grâce au numéro de série de son flingue comme la principale suspecte des meurtres de deux de ses congénères, dont les corps avaient été retrouvés dans une cave. Comment les flics avaient-ils découvert les macchabées aussi vite ? Je me posai encore la question quand la réponse m'arriva par téléphone sur ma ligne privée – normal, pour un privé. Mais ce mobile avait la particularité de ne pas être sur écoute policière, *because* je changeais régulièrement les puces fournies par Mansour.

— Agence Fiat Lux.com... expert en filature... discrétion et savoir-faire assurés... mais pas remboursés... Bien que très fatigué, suite à une nuit blanche pour le compte d'un client, je suis sur le pont... Preuve, s'il en est, que l'on ne se ménage pas chez Fiat Lux.com... à votre écoute... Mais... au fait... Comment avez-vous... ce numéro ?

Passablement épuisé et encore ivre, je n'arrivais pas à aligner une phrase cohérente.

— Nestor, c'est Malîn.

— Bonjour, commandante... Désolé, mais... je ne suis pas d'attaque ce matin. On remettra le raid à demain... si tu veux bien.

— Tu t'en es pourtant bien tiré, hier.

— Que veux-tu dire ?

— Yüksel a appelé Potemkine, elle était paniquée. C'est lui qui a prévenu les flics.

— Si Potemkine est en contact avec la maquerelle, ça veut dire que tu sais où la trouver. C'est ce que tu voulais, non ?

— Il ne me dira rien. Surtout maintenant que tu as descendu le diplomate avec qui il traitait pour vendre ses armes aux Loups gris sur toute l'Europe. Si je n'étais pas intervenue, il mettait un contrat sur ta tête. Qu'est-ce qui t'a pris ?

— J'ai juste sauvé ma peau. Ils allaient m'exécuter. Un diplomate, tu as dit ? Merde, la bavure.

— Chez nous, on appelle ça un carton. Si tu étais dans nos rangs, tu serais décoré et monterais en grade. Pour le PKLF, tu es maintenant un héros, Nestor. Le héros d'une armée principalement composée de femmes, ça devrait te plaire.

— Pourquoi tu m'appelles, Malîn ?

— D'abord, pour te remercier très sincèrement d'avoir dégommé cette ordure. Il était intouchable, ça faisait des années qu'on essayait de le liquider. Il ne sortait jamais de l'ambassade turque.

— Il n'y a aucune gloriole à en tirer, ils allaient me dessouder.

Je me suis défendu, Malîn, ce n'était pas un acte de guerre, juste un réflexe de survie.

— Je le sais, mais le résultat est là. D'après Potemkine, les cadres du MIT pensent que c'est vraiment elle qui a buté le diplomate. Cette femme a toujours eu de l'ambition et ses amants ont les bras aussi longs que ses dents. Les Loups gris sont plus partagés, certains croient sa version. Tu es en danger, Nestor, c'est pour ça que je t'appelle.

— Tu veux dire que les Loups gris vont lancer une chasse à l'homme ?

— On n'en est pas encore là. Les Turcs ne risqueront pas une guerre diplomatique sans en savoir plus. Mais le meilleur moyen d'enrayer la machine, c'est maintenant d'exécuter Yüksel. Les Loups penseront que ça vient d'en haut.

— Ne compte pas sur moi. Je te redis que je n'ai pas eu le choix avec le type de l'ambassade et son gorille. Je ne suis pas un tueur. Qu'elle se fasse arrêter pour le meurtre de Seryal Zera et toutes les saloperies qu'elle a pu commettre, ça, d'accord.

— Je ne t'ai jamais demandé de la supprimer. Je ne laisserai personne d'autre que moi s'en charger, cette histoire m'appartient. Je te demande juste de m'aider à la coincer. Je te paierai au tarif que tu demanderas, au prix fort s'il le faut. Considère-moi comme n'importe quelle cliente de ton agence.

— Je ne participerai pas à ce genre de traque, Malîn, et je t'ai déjà dit que j'arrêtais cette enquête. Je ne suis pas un barbouze.

— Tu préfères que Potemkine vienne te demander des comptes ?

— Du chantage, maintenant ?

— Tu ne me laisses pas vraiment le choix, Nestor. Le temps presse, j'ai fini ma mission, je retourne bientôt sur le front syrien.

— Qu'est-ce que tu veux que je fasse, au juste ?

Elle marqua un temps d'hésitation. Ce n'était pourtant pas le genre de la commandante de prendre des gants.

— Que tu serves d'appât.

Je faillis m'étrangler.

— Quoi ! Burma, un appât ? Mais comment tu as pu imaginer que j'allais accepter ça ? C'est hors de question. Même pas en rêve ! Tu entends ? Jamais !

Et je raccrochai, furax.

— Que se passe-t-il, patron ? demanda Kardiatou, qui sortait de la chambre drapée dans une serviette.

— Rien, une cliente qui demandait l'impossible.

— Vous avez raison de ne pas tout accepter, patron. Les gens ne se rendent pas compte des dangers que vous encourez dans votre profession.

Je ne savais jamais si elle était sérieuse ou si elle se payait ma tête. Sans doute un peu des deux, et ça m'amusait. De la voir moulée dans sa serviette, et moi, avachi dans mon peignoir, nous ressemblions à un vieux couple qui venait de faire l'amour. J'essayais d'imaginer la situation incongrue si un client se pointait. En guise de client, se fut Mansour qui poussa la porte.

— Salut, la compagnie !

Il s'immobilisa, interloqué, la bouche grand ouvert, le regard perdu d'un noyé, comme s'il venait de surprendre son père en train de s'envoyer la fille au pair. Je lui demandai s'il allait gober les mouches longtemps, entretenant à peu de frais ma réputation de séducteur. Mais Kardiatou ne joua pas le jeu.

— C'est quoi, cette tête ? Hé ! ce n'est absolument pas ce que tu crois. Mansour, ne commence pas à te faire des films. Je te dis qu'il ne s'est absolument rien passé entre le patron et moi. Pas vrai, Nestor ?

Je ne répondis pas, ces enfantillages m'agaçaient profondément. Mansour finit enfin par fermer sa bouche et la rouvrit aussitôt pour dire des âneries.

— Je ne crois rien et, si je faisais des films, je n'ai pas souvenir que tu serais au générique. Tu fais ce que tu veux, Kardiatou, tu es libre de ton corps.

— J'espère bien. Il manquerait plus que je te demande la permission.

J'intervins, j'avais mal au casque :

— S'il vous plaît, je suis à deux doigts de me prendre une fatwa, alors vous m'épargnez ce sketch.

— Les barbus vous ont menacés, patron ? demanda Kardiatou, inquiète.

— Ils n'ont pas apprécié ma méthode de dégraissage du personnel de l'ambassade hier. Ça risque effectivement de chauffer pour mon matricule. Je vais passer voir Marchand à la DGSE, il aura peut-être une idée pour m'éviter de prendre une balle perdue. À moins que ce ne soit son service qui la tire. Au fait, Mansour, qu'est-ce que tu fais là ? C'était juste pour faire du gringue à ma secrétaire ?

— Pas du tout ! Je suis passé pour te dire que j'avais peut-être logé la maquerelle.

— Quoi ! Tu as retrouvé Yüksel et ce n'est que maintenant que tu le dis ? Comment ça ? Tu sais où elle est ?

— Attends, je t'explique, c'est un curieux concours de circonstances. Après t'avoir ramené hier soir, je suis passé voir un pote, Paco, pour le bizness. Tous les vendredis, sa mère fait le couscous pour le quartier. Elle avait les boules, une de ses clientes lui devait pas mal de thunes et elle a prié son fils d'aller récupérer l'ardoise. Il m'a demandé de l'accompagner, on ne sait jamais comment ça peut tourner avec les mauvais payeurs. Il y a ceux qui sont vraiment en galère et d'autres qui profitent. Mon pote, il est plutôt dans le dialogue, alors y en a qui profitent.

— Un dealer dans le dialogue ?

— Chacun choisit ses armes. Lui, il explique avant de monter dans les tours, et si l'autre ne comprend pas, il l'explose.

— D'accord, un cérébral. Ensuite ?

— Quand on s'est pointés, les voleurs de couscous faisaient les morts. Mon pote a insisté en leur faisant la leçon, leur expliquant qu'il fallait bien que sa maman mange. Alors, ils ont fait les morts-vivants en répondant qu'elle n'avait qu'à bouffer son couscous. C'était indélicat de leur part. Forcément, ça a énervé mon pote, qui a commencé à gueuler et à donner des coups dans la lourde en foutant tellement le barouf que toutes les portes de l'immeuble se sont ouvertes. Tu voyais des mecs surgir dans tous les coins, ils croyaient que c'étaient les keufs qui faisaient une descente. Quand ils ont reconnu leur dealer, ils ont refermé ou se sont barrés aussi vite. Comme j'étais un peu chaud avec le rhum qu'on s'était envoyé tous les deux et que je trouvais que les voleurs de semoule abusaient un chouïa, je me suis excité à mon tour. Je filais des méchants coups de latte contre la porte en hurlant des insanités. C'est là qu'un des voisins, en face, a ouvert en gueulant qu'il fallait maintenant qu'on arrête d'emmerder le monde. Mon pote lui a répondu textuellement : « Ta gueule, le Turc ! Si tu la ramènes, je te dénonce aux HLM. Je sais que t'es en sous-loc, je te fais virer, toi et ta famille de morts ! » Le Turc, une vraie gueule de tueur, genre le chef des matons dans le film *Midnight Express*, n'a pas moufté. Une furie est alors sortie derrière lui en insultant mon pote. Le Turc, en la voyant, est devenu blême. Il l'a prise par le bras et lui a dit : « Yüksel, entrez, je vous en prie, ne vous occupez pas de ça. » Ils ont refermé, et on ne les a plus entendus.

— C'est tout ?

— Non, pas vraiment. Mon pote a sorti sa kalach et il a explosé la serrure des voleurs de couscous. Les fils de la vieille l'ont tout de suite payé, plus les intérêts.

— Je me fous du trafic de tes Bédouins. Je te parle de la femme : c'était elle ?

— J'en sais rien, je ne l'ai jamais vue. Quand elle t'a tiré dessus, rue de la Bidassoa, j'étais à l'extérieur en train de faire du catch avec la doublure de Potemkine. Je t'ai dit que j'avais *peut-être* logé la maquerelle.

Mon enthousiasme retomba comme une descente en seconde division à cause d'un arbitre d'origine turque qui aurait refusé un péno.

— Mais qu'est-ce qui te fait penser que c'est elle ? Tu crois qu'elle est la seule Turque à s'appeler Yüksel à Paris ?

— Mon pote m'a dit que le Turc de l'appartement en face avait ses entrées à l'ambassade de Turquie et que, d'habitude, il est toujours super discret. Sa réaction ne lui ressemblait pas. Visiblement, avec le boxon qu'on faisait, il a eu peur qu'on rameute la flicaille. Les bleus s'autorisent encore des descentes dans cette cité, on n'est pas en banlieue.

— Décris-moi la femme.

— Assez grande, fausse blonde, mince, mais avec des seins comme des obus. Une vieille qui s'est fait sûrement lifter et refaire les nibards. Une robe rouge criard, bas résille et talons aiguilles. Un truc m'a choqué, toutefois : ses sourcils n'étaient pas raccord avec ses cheveux, ils étaient noirs.

— Elle est loin, ta cité ?

— Sur la petite ceinture, boulevard Mortier, pas loin de la porte de Bagnolet.

— Tu m'accompagnes ?

— C'est un peu pour ça que je suis là. Tu comptes y aller en peignoir ?

Tout en m'habillant, je me souvins que la Fiat était toujours garée rue Vitruve ; on était bons pour le métro.

— Patron, prenez votre flingue, ce serait mieux. Je vais appeler Paco pour qu'il nous appuie avec sa Kalachnikov.

— Je ne me sépare jamais de mon P14-45 Para-Ordnance. Paco, c'est pas un prénom arabe.

— Tous les Arabes ne sont pas dealers. Il est gitan.

— Tu voulais sans doute dire : tous les dealers ne sont pas arabes. Donc, son père est gitan et sa mère arabe, puisque c'est la reine du couscous.

— Non ! Paco n'est pas comme Tony Gatlif, moitié rebeu,

moitié gitou. Sa mère est gitane. Elle fait aussi très bien la paella, mais son couscous, c'est le meilleur, il est à se taper le cul par terre.

Une heure plus tard, nous montions les escaliers du hall A2 d'une cité HLM en brique rouge des années 1930. Paco nous attendait sur le palier, assis sur une marche, avec sa pétoire cachée sous une couverture bariolée. Il ressemblait à Manitas de Plata sur la pochette d'un disque vinyle récupéré chez mon père. Avec sa chemise à fleurs et son pantalon pattes de mammouth, il n'avait pas le look du dealer lambda, comme ces caricatures aux tempes rasées avec leur moquette ridicule d'un demi-centimètre sur le haut du crâne, regard vide d'abruti qui fume trop de shit, la casquette à l'envers, n'ayant jamais compris qu'une visière servait à protéger du soleil et non le col du survêtement. Du genre taciturne, Paco me fit un signe du menton.

— On procède comment ? me demanda Mansour, qui avait du vocabulaire.

J'allais lui exposer mon plan quand la porte en face, celle que Paco avait explosée la veille, grinça sur ses gonds. Nous nous retournâmes tous les trois, prêts à jouer une sonate pour un massacre. Une vieille femme, fripée comme une pomme de reinette et avec des tatouages sur le front, passa sa tête à l'extérieur. C'était la mère-grand des voleurs de couscous.

— Ils sont partis, fit-elle en désignant la porte du Turc.

— On peut pas faire confiance à une femme qui paie pas son couscous, rétorqua Paco.

— C'est la mère de la voleuse, elle n'est pas forcément responsable, murmura Mansour.

— Elle bouffe dans la même gamelle, c'est du pareil au même, je lui fais pas confiance.

Je tranchai dans le lard; on n'allait pas organiser un colloque pour déterminer si être voleur, c'était dans l'éducation ou dans les gènes :

— Il n'a pas complètement tort. Je propose de visiter la turne du Turc avec Paco. Pendant ce temps-là, Mansour, tu fouilles l'appartement de la voleuse de couscous.

Ce dernier fit un peu la tronche.

— Vous êtes tous les deux enfouraillés et, moi, je vais au casse-pipe les mains dans les poches.

— Tu oublies ta tête, elle peut faire perdre une coupe du monde. Le gang des voleurs de couscous devrait être à ta portée.

— Si tu le dis, pourquoi pas ? C'est vrai que tout est dans la tête, je peux les avoir au mental. Comme Clint Eastwood dans *Gran Torino*, quand il vise des peigne-culs avec sa main, comme s'il tenait un flingue, en relevant le chien de son arme imaginaire.

— T'as tout compris, Harry. Allez, au boulot.

Puis, je sortis mon passe emprunté au Quai des Orfèvres et vins à bout de la serrure en onze secondes.

— Ça fait moins de bruit, fit Paco, qui me couvrait avec son fusil russe.

Je souris. J'aimais bien ce garçon. Nous pénétrâmes avec la plus grande prudence, mais, comme je m'y attendais, la maquerelle s'était encore débinée. Par contre, elle avait laissé de nombreuses affaires personnelles dans des valises et des cartons stockés dans l'une des chambres. Je vidai tout sur le lit sans faire de détail.

— Vous cherchez quoi ? demanda Paco, qui surveillait par la fenêtre.

— Des documents, un dossier, notamment.

Alors, il posa son fusil de guerre et s'approcha d'une commande orientale, tira les trois tiroirs avant de les retourner sur le sol. Une enveloppe était fixée avec du sparadrap chirurgical sous le fond du tiroir du bas.

— Banco ! Paco, tu es un as.

Je me penchai et arrachai l'épaisse enveloppe, que je glissai à l'intérieur de mon blouson. Au même instant, Mansour se précipita dans la chambre et chuchota.

— Faut se barrer, vite ! Deux têtes de Turcs montent l'escalier à fond la caisse.

Nous sortîmes tous trois sur le palier, mais le bruit des pas nous indiqua que les types étaient déjà arrivés à l'étage inférieur. Utiliser l'ascenseur était exclu, un autre sbire pouvait être posté dans le hall prêt à nous descendre comme des lapins dans un clapier. La seule solution qui restait était de monter dans les étages, sachant que cela allait se terminer en bataille rangée. Paco avait sa Kalachnikov, moi, le québécois, et les lascars qui se radinaient, qu'ils soient gangsters ou barbouzes, étaient forcément équipés. C'est alors que la pomme de reinette, avec sa Main de Fatima tatouée sur le front, nous fit signe de nous planquer chez elle. Nous nous regardâmes en pensant chacun la même chose : qui vole un grain de semoule vole le couscoussier et le service à thé avec. Cependant, il nous effleura aussi qu'il fallait toujours laisser une seconde chance à son prochain, que la misanthropie était une maladie contagieuse, mais qu'elle se soignait et, surtout, qu'il fallait qu'elle soit sacrément tordue pour qu'une brebis galeuse choisisse le camp des Loups gris. Nous nous engouffrâmes sans plus tarder dans l'appartement de la vieille. Elle refermait son verrou de fortune au moment où les deux Loups surgissaient sur le palier. La porte de l'appartement du Turc était restée ouverte. Les Loups entrèrent avec prudence, chacun tenant un pistolet-mitrailleur compact de marque bulgare, peu précis à distance, mais qui ne laisse aucune chance dans le périmètre. Ils constatèrent la fouille en règle et se débinèrent aussi vite qu'ils étaient venus. Nous remerciâmes la tatouée du front – Paco lui promettant un couscous gratuit – et chacun reprit ses activités plus ou moins illicites.

17

La saison des châtaignes

Pour la première fois depuis un mois, je frissonnai. Ce tremblement n'était provoqué ni par la peur ou un quelconque désir, mais par la température ambiante. Le ciel s'était brusquement voilé, le vent s'était levé et les températures avaient progressivement chuté de dix degrés en l'espace d'une matinée. L'épisode de la canicule venait d'amorcer son départ vers ses contrées d'origine, où il aurait dû se cantonner au risque de fausser l'équilibre du monde. C'était très bien ainsi, ces chaleurs tapaient sur le système et rendaient les gens nerveux et irascibles.

Je traversai le boulevard Mortier en passant derrière un tramway qui venait de quitter son arrêt, et entrai dans une brasserie place de la Porte-de-Bagnolet. Je choisis une banquette au fond de la salle, loin des regards, et commandai une vodka Red Bull à un serveur chiffonné, gris de peau et aux joues bleutées, corseté dans un antique tablier noir, d'où un limonadier émergeait par la poche ventrale. Je trempai mes lèvres dans mon verre, puis sortis l'enveloppe récupérée dans l'appartement HLM du Loup de l'ambassade. Elle contenait cinq portraits de dignitaires turcs. Leur pedigree était noté au dos de chaque photo. Je pointai un ancien ministre, un juge, un général des armées, un acteur passé de mode et... un anonyme, qui ne l'était pas pour moi. Je reconnus en effet, non sans un certain malaise, le type qui jouait au lévrier avec Malîn, il y avait une vingtaine d'années de cela, sur le cliché que j'avais trouvé rue de la Bidassoa. Il avait pris un coup de vieux, mais c'était la même tronche. Il me sembla que le puzzle se mettait doucement en place – avec de nombreux trous dont je n'imaginais pas la complexité pour les combler –, et dans lequel je commençais à saisir quelques aspects. Malîn connaissait son tortionnaire, pas par le bon bout, j'en convenais aisément. Elle savait sans aucun doute qui il était et ce qu'il faisait dans l'existence, contrairement à la photo qui ne disait rien sur l'homme. Je compris mieux toute la haine contenue chez la commandante du PKLF. Elle était doublement engagée, contre le pouvoir d'Ankara et contre cette ordure qui continuait de servir anonymement ce pouvoir, celui qui l'avait violée, violentée, brisée à jamais alors qu'elle n'était qu'une gamine de seize ans. Ce type semblait intouchable. Malîn se rabattait-elle sur Yüksel, qui n'était pas moins coupable ? Pourquoi la maquerelle était-elle en possession de portraits d'hommes condamnés à mort par le MIT ? La note qui accompagnait les clichés était sans équivoque. L'enveloppe contenait cinq contrats spécifiques émis sur ces cinq têtes, des personnalités représentatives du pouvoir actuel. Y avait-il un lien avec le dernier coup d'État ? Ou alors, la faction autrefois alliée au maître d'Ankara, aujourd'hui en disgrâce et exilée aux États-Unis, était-elle la commanditaire ? À cet instant, je pris véritablement conscience de la force de frappe que représentait la photo que j'avais trouvée dans l'ancien bordel.

Je sortis de la brasserie, un peu plus maussade, bien que je n'aie rien à voir avec les services israéliens. J'étais le dépositaire d'une pièce à conviction très compromettante qui dénonçait les crimes d'État d'une nation importante sur l'échiquier politique mondial. Et peu importait qui en tirerait les ficelles du bénéfice – comme les retours de bâton – si le document était divulgué : j'étais, quoi qu'il en soit, véritablement en danger. Yüksel savait à présent que je possédais ces preuves d'assassinats, et elle avait derrière elle une organisation criminelle efficace et sans pitié. J'étais à mon tour devenu une cible. L'urgence du moment était de trouver la solution la plus appropriée afin de me protéger. Plusieurs options s'offraient à moi. Balancer à la presse tout ce que j'avais glané depuis le début de mon enquête avec, pour bouquet final, la photo explosive. Le meilleur moyen pour me faire dégommer par les combattantes du PKLF ou les barbouzes de l'organisation fasciste des Loups gris. Sinon, livrer mes petits secrets à la DGSE, qui s'empresserait d'embourber l'affaire au nom du sacro-saint secret Défense. Ou m'en remettre à la commissaire Faroux, qui en savait plus sur cette affaire qu'elle ne voulait l'admettre, mais n'avait aucun pouvoir face à un dossier qui dépassait les compétences de son service. Je décidai de me laisser encore un peu de temps, sans omettre de tenir Kardiatou au courant par téléphone.

— Dans quel pétrin vous êtes-vous encore fourré, patron ?

Il y avait dans la voix de ma secrétaire un soupçon d'angoisse non feint qui réchauffait le cœur.

— Cette expression est totalement obsolète et inadaptée face à la situation. Si vous avez vraiment besoin d'une image, oubliez la pâtisserie et pensez boucherie.

— Mais c'est affreux ! Nestor, que puis-je faire pour vous aider ?

— Comme nous sommes dans le registre du petit commerce, vous allez tirer le rideau de fer de l'agence jusqu'à nouvel ordre, chérie.

— Je suis au chômage ?

— Non, vous êtes en vacances.

Sur ce, je remisai mon portable et coupai par la rue de Bagnolet et la rue des Balkans afin de récupérer la 500. Tandis que je longeai le trottoir opposé à l'immeuble de l'Amicale des Turcs de France, je m'arrêtai, étonné. Malîn, au guidon d'une puissante moto, stationnait entre deux voitures. Elle ne portait pas de casque et son éternelle veste de treillis était boutonnée jusqu'au col. Le moteur de la Ducati tournait, et la panthère regardait en direction du bâtiment où siégeait l'Amicale des têtes de Turc. J'hésitai entre l'apostropher ou la suivre. La Fiat était garée cent mètres plus loin, à l'angle de la rue Vitruve. Je choisis la seconde option, hâtant le pas, et m'installai derrière le volant, surveillant à mon aise la commandante dans le rétroviseur extérieur. Je perçus bientôt du mouvement. Malîn venait d'engager sa machine sur la chaussée. Ses deux pieds ne touchaient pas l'asphalte, l'une de ses jambes tendue en guise de béquille. Bientôt, elle fut rejointe par une silhouette gracile, qui grimpa sur la selle et se colla tout contre elle. Malîn démarra pleins gaz. Je déboîtai pour la prendre en filature. J'avais un mal fou à la suivre, m'attendant à tout moment à la voir disparaître dans le flux de la circulation du boulevard Davout. Elle bifurqua dans la rue des Orteaux, s'arrêta à l'angle de la rue des Vignoles et déposa sa passagère. Puis, elle repartit comme une bombe, avant de freiner brusquement et de garer sa moto en face du n° 33, l'adresse de la CNT-FAI. Je garai la 500 à cheval sur un trottoir, essuyant les invectives d'une gonzesse – pas assez bohème pour en saisir les codes et qui s'essayait à la bourgeoisie sans en posséder les comptes –, que j'envoyais sur les roses caviar. Mais Malîn m'avait pris de vitesse et s'était évaporée. Je remarquai que la grille d'entrée de la CNT était entrouverte. J'investis la zone zapatiste sans me poser de questions, avançant l'oreille dressée, quand j'entendis un bruit métallique au fond de la cour. Je m'enfonçai un peu plus dans l'antre de l'anarcho-syndicalisme. La porte d'un box était ouverte. Je pénétrai dans le réduit plongé dans le noir sans me présenter, avec cette fausse idée que tous les anars sont contre la propriété et que, partout où l'on passe, on est un peu chez soi. Je voyais que goûte et portai ma main à l'intérieur de mon blouson pour atteindre mon iPhone. Mon geste fut sans doute mal interprété et je pris un sérieux coup derrière le carafon, ce qui commençait à faire beaucoup en l'espace de quarante-huit heures.

Quand je sortis du cirage, la tête me tournait et j'avais la nausée. Mais ma première satisfaction fut de ne pas me retrouver face aux Turcs. Je n'étais pas attaché. On m'avait assis le cul sur le plancher, le dos contre la porte d'un bureau dont les murs étaient couverts d'étagères chargées de livres et d'archives. Je crus reconnaître la pièce qui jouxtait la salle de danse de flamenco, un ancien atelier de menuiserie où j'avais traîné mes basques il y avait longtemps. Malîn se tenait debout devant moi, les bras croisés.

— Tu peux te lever ?

Je me frottai la nuque et l'arrière du crâne, et sentis un peu de sang qui collait sur mon cuir chevelu.

— Tu n'y as pas été avec le dos de la cuillère. Ce n'est pas très fair-play.

— Désolée, ce n'est pas moi. Sermîn a eu peur.

— Ta fille. J'ai bien pensé que c'était elle que tu trimballais sur ta moto. Pourtant, tu l'avais déposée un peu avant.

— Pour mieux surveiller mes arrières. Ce n'était pas toi que nous attendions. Pourquoi tu me suis, Nestor ? Ta voiture est reconnaissable entre mille. Je t'ai repéré dès que j'ai pris le boulevard Davout. Tu parles d'un détective !

J'appréciai moyennement sa remarque, même si, au sujet de la bagnole, elle n'avait pas totalement tort. Je savais qu'à un moment, je devrais choisir entre l'aspect pratique de mon italienne et l'anonymat d'une caisse lambda. Ce qui fonctionnait dans une série télé pouvait coincer dans la vraie vie. Mais qu'elle se gausse de l'enquêteur, de sa bagnole et de ses méthodes, je trouvais ça un peu fort de café. Depuis que je l'avais croisée, j'avais tout de même failli me faire aligner à plusieurs reprises, et ce n'était pas de la boxe.

— Si ma mémoire est bonne, le détective t'a pourtant déjà sauvé la mise, commandante. J'avais même cru comprendre que j'étais un héros de la résistance féminine kurde. Mais avec tous les coups que je me suis pris sur le crâne, peut-être que je me suis inventé quelques épisodes. Au départ, je ne te suivais pas, je t'ai croisé par hasard rue des Balkans. J'allais chercher ma voiture que j'avais laissée près de l'Amicale des Turcs de France.

— Je crois peu au hasard, surtout quand quelqu'un détient ce genre de photos.

Elle présentait en éventail les portraits des cinq affreux que j'avais dérobés chez le Turc de l'ambassade. Je lui expliquai les faits, comment j'avais obtenu ces clichés, et elle sembla me croire. Je lui fis également part de mon étonnement face à ces condamnations venant du bras armé du pouvoir turc. Mais je me trompais de direction. Elle m'expliqua quelques subtilités internes au parti qui dirigeait la Turquie.

— Ce n'est pas Ankara qui veut la tête de ces cinq personnalités, le MIT les protège. C'est l'une des factions des Loups gris qui veut leur peau, la plus radicale, dirigée par d'anciens leaders historiques. La plupart de ces cadres étaient emprisonnés pour meurtres de masse dans les années 1970. Les survivants ont été relâchés dans la nature par le pouvoir actuel pour déstabiliser le pays et aider à la réélection du futur dictateur. Tout comme Bachar el-Assad a vidé ses prisons de tous les djihadistes les plus sanguinaires pour les lâcher contre ses opposants dits modérés ou laïques.

Malîn confirmait ce que j'avais lu dans les articles trouvés sur le Net par Kardiatou.

— Et la place de Yüksel, là-dedans ?

— C'est juste une opportuniste qui roule pour Ankara, le genre à retourner sa veste si le vent tourne. Elle n'a aucune conviction politique, il n'y a que l'argent qui la motive. Elle appartient aux Loups gris depuis toujours, son père était l'un des leaders historiques de l'organisation. Même si elle est très proche de certains cadres, elle ne tient aucun rôle stratégique. Les femmes comptent peu chez les fascistes, tout comme chez les Turcs. Contrairement à la société kurde, où elles ont une place prépondérante. Sans citer le PKLF, dont le combat des femmes est la matrice même de notre mouvement. Yüksel reste une putain du pouvoir.

Une question me taraudait :

— Malîn, peux-tu me dire ce que tu faisais avec ta fille à l'Amicale des Turcs de France ?

— La même chose que toi, Nestor. Je cherche Yüksel, mais tu as toujours une longueur d'avance.

Je ne croyais pas une seconde la commandante, je n'avais que des questions à lui objecter. Par exemple, que faisait-elle dans les locaux de la CNT ? Le PKLF avait-il un lien avec le milieu libertaire de Paname ? Mais comme j'étais assuré de n'entendre en retour que des balivernes, je décidai de remettre mes interrogations dans ma musette.

— Je peux prendre congé ?

— Bien sûr, tu es libre, Nestor. Par contre, ça, je les garde.

Elle tenait les cinq portraits.

— Trésor de guerre, fit-elle laconiquement en les empochant.

Elle ne plaisantait pas.

18

La nuit, tous les loups sont gris

Le rideau de fer de l'agence Fiat Lux.com était baissé, ce qui n'entendait pas que j'allais payer une chambre d'hôtel pour assurer ma sécurité. Je montai le rideau en tôle ondulée soixante centimètres au-dessus du sol, me glissai dans ma cagna avant de refermer derrière moi, et grimpai les marches d'un pas alerte. Le bureau était plongé dans l'obscurité, mais un faible rai de lumière brillait sous la porte de ma chambre. Intrigué, je tournai la poignée. La pièce était sombre et vide. Seuls la lumière et le bruit de l'eau qui coulait indiquaient une présence dans la salle d'eau. Par ces chaleurs intenables, il arrivait que ma secrétaire utilise la douche. Aurait-elle oublié de fermer le robinet ? Cela ne lui ressemblait pas. Je frappai doucement sur le panneau de la porte entrouverte.

— Kardiatou, c'est vous ? Je peux entrer ?

Puis, je réalisai ma connerie. J'étais chez moi et je demandai si je pouvais entrer dans ma propre salle d'eau. Il était minuit passé, ma secrétaire devait être dans les bras de Morphée, ou dans ceux de je ne sais quel bellâtre, depuis un moment déjà. Et j'ouvris la porte sans plus de cérémonie. Là, je m'immobilisai et mon cœur se serra. Le rideau de la douche était grand ouvert. Kardiatou, complètement nue, était ligotée les bras en l'air, attachée à la partie supérieure de la barre de réglage du pommeau. L'eau ruisselait sur son corps de rêve, sa poitrine opulente aux larges aréoles brun saumon et son petit cœur frisé sous son ventre rond. Je lus dans ses yeux verts une panique sans nom qu'elle ne pouvait exprimer autrement que par le regard, un bandeau d'adhésif noir lui barrait le bas du visage. Ébranlé par cette vision tout aussi cauchemardesque qu'érotique, partagé entre un désir diffus mais prégnant et l'obligation de voler au secours de cette femme que j'aimais, je me précipitai pour arrêter le robinet. Ses yeux continuaient de rouler comme des billes, au point que je crus comprendre que l'on avait abusé d'elle, ce qui me mit dans une fureur noire. Et alors que je m'apprêtai à arracher le sparadrap qui lui obstruait la bouche, le canon d'un flingue s'enfonça dans mes reins.

— Tout doux, Burma. Vous reculez jusqu'à la chambre. Au moindre geste suspect, je vous transforme en passoire.

Une réplique éculée à souhait, mais qui avait le mérite d'être suffisamment parlante pour calmer les ardeurs des plus fougueux des desperados. C'était le Turc de l'ambassade, entraperçu dans le HLM, qui tenait l'autre extrémité du revolver. Il me demanda d'entrer dans le bureau et tourna le commutateur. Une étoffe indienne aux dominantes ocre avait été jetée sur l'abat-jour de la lampe sur pied à l'angle de la pièce. La lumière tamisée ne tempéra pas ma colère. Un autre Turc, les mains dans les poches, mal rasé et habillé comme l'as de pique, me dévisageait avec sa gueule de raie. Yüksel était assise dans mon fauteuil. À chacune de nos rencontres, aussi courtes soient-elles, cette femme s'enlaidissait. À la faveur du clair-obscur, l'expression cruelle de sa face cireuse prédominait. Son maquillage, qui s'était estompé, ajouté à la fatigue et le stress des derniers jours, ne faisait aucun cadeau à la vieille peau, qui accusait enfin son âge.

— Ma secrétaire n'a rien à voir avec tout ça. Détachez-la, bande de salopards.

La maquerelle ricana. L'idée de violenter Kardiatou afin d'obtenir ce qu'elle attendait venait forcément d'elle.

— Ta salope est l'un des rouages majeurs de ma vengeance, Burma. Si tu ne veux pas que mes deux Loups lui abîment son joli cul, il va falloir te mettre à table. Après, je te jure qu'elle ne pourra plus s'asseoir.

L'ordure qui avait les mains dans les fouilles émit un rire gras. Visiblement, il n'était là que pour ça. Il ressemblait plus à un rat de laboratoire qui avait failli crever dix fois qu'à un Loup gris. Le Turc de l'ambassade, plus diplomate, m'indiqua une chaise. Je ne cessai de songer à Kardiatou, ligotée, nue et en pleurs, m'en voulant à mort de l'avoir placée dans cette posture.

— Déjà, tu vas me remettre les photos que tu as prises dans l'appartement, fit Yüksel.

Ça commençait mal. La maquerelle faisait allusion aux portraits des dignitaires condamnés par les Loups gris réfractaires, et que Malîn m'avait barbotés.

— Je ne les ai pas.

Elle parut surprise. Sans doute s'était-elle mis dans la tête que Kardiatou était comme la prunelle de mes yeux et que je balancerais tout à la première menace.

— Je vois. Tu veux faire le malin, celui pour qui sa secrétaire fait partie des meubles. Eh bien, on va vérifier la valeur du mobilier. Varol, va faire couiner la truie.

Le rat, avec ses deux petites billes gluantes à la place des yeux, ne se fit pas prier. Il passa sa langue grise et râpeuse sur sa lèvre supérieure d'une façon obscène et entrait déjà dans la chambre, quand je me levai d'un bond. Le diplomate fonça alors comme un taureau et me décocha un crochet au foie qui me renvoya recta sur ma chaise. Je grimaçai.

— Ne vous en prenez pas à elle. Je n'ai pas ces photos. Si je les avais, pourquoi je jouerais avec la vie de ma secrétaire ? Je m'en fous, de ces portraits. Pour moi, ils ne valent rien, ils ne sont pas monnayables. Je n'avais aucune raison de les garder.

— À qui les as-tu remis ? demanda Yüksel.

Plié en deux, je tendais l'oreille avec angoisse afin d'entendre d'éventuels bruits de supplice provenant de la salle d'eau. Avec l'adhésif collé sur sa bouche, les cris de Kardiatou pouvaient être refoulés sans que l'on puisse les percevoir. À moins que le rat ne fasse semblant. Mais pourquoi cette saloperie de rat ferait-il semblant, avec la super souris que lui offrait la maquerelle ? Dans le doute, je songeai un moment à orienter ces fumiers vers Marchand, mais c'était risqué. Les diriger vers les services secrets français pouvait même être contreproductif : j'offrais une occasion à ces derniers de me passer à la trappe. Je décidais finalement de mouiller Paco. Malgré la sympathie que j'avais pour le gitou, il était celui qui était le plus à même de se défendre face à cette meute de dégénérés. Et si ça tournait au vinaigre, je le dédommagerais d'une façon ou d'une autre. Je pensais à la dope que j'avais détournée, voire quelques armes.

— J'ai refilé ces photos à un mec de la cité, il s'appelle Paco.
— À qui tu veux faire avaler ça ? lança Yüksel. Qu'est-ce qu'une racaille de cité peut faire avec ce genre de photo ?
Elle connaissait Paco, c'était déjà un bon point.
— Ce n'est pas une racaille ni un caïd à la mords-moi-le-nœud, mais un dealer sérieux. Il fait dans le demi-gros et trafique avec les Turcs des banlieues Est. Ces photos l'intéressaient. J'ai cru comprendre qu'il pouvait les troquer. Il m'a donné un coup de main pour entrer dans l'appartement ; pour être plus juste, un coup de fusil. Afin de le remercier, je lui ai laissé les photos.

La maquerelle me regarda, pensive, essayant de jauger si je bluffais ou pas. Ce qui ne cessait de m'étonner avec la pègre, c'était le champ du possible, le champ de pavot, le chant des partisans, le chantage... On pouvait raconter des craques inimaginables, il y avait toujours un pimpin pour être ferré. Et le politique était tellement dépendant du bizness que tout semblait envisageable. Les labos s'arrangeaient avec les ministres, les marlous traitaient avec les banques, les coupables devenaient innocents et les victimes étaient enterrées avec les affaires.

Le diplomate me demanda à brûle-pourpoint :
— Tu parles du gitan avec sa Kalachnikov ?
Je fis « oui » de la tête. Il s'adressa à Yüksel :
— C'est possible. Je connais un peu ce type, il fricote avec les Libanais. Pourquoi pas avec la bande à Vahdet ?
— Pas de noms ! grinça Yüksel. Bon, on va coincer ce marchand de mort. Demande du renfort.
— Et eux ? fit le diplomate.

La maquerelle passa sa main sur son cou comme un couperet en me fixant froidement. Le rat surgit alors de la chambre.

— Hé! c'est quoi, ce bordel, je la nique avant. C'était prévu comme ça, je la nique!

— Tu niques personne, on a du boulot, lui répondit le diplomate.

Le rat sortit un rasoir, qu'il ouvrit à la vitesse de l'éclair. La lame brillait salement.

— Je la nique et je la zigouille après. C'était ça, le deal! Sinon, c'est vous que...

Il n'eut pas le temps de développer ce qu'il se promettait de faire à ses frères Loups si par malheur on lui refusait de coincer mon assistante. Le diplomate venait de loger une balle dans la tête du rat. Puis, il demanda à Yüksel :

— Nous sommes obligés de les éliminer? Ils ne savent rien. Leur mort risque de nous poser plus de problèmes que d'en résoudre.

— Ce détective en sait beaucoup plus que tu ne crois. Il a flingué Yunus et Zeki, et tu me demandes si on doit les crever?

— Il a juste sauvé sa peau, ce n'est pas un soldat. Yunus était un dépravé. J'ai travaillé avec lui des années à l'ambassade, ce qui lui est arrivé était écrit. Quant à Zeki, ce n'était qu'un psychopathe au service de son maître. J'insiste, Yüksel, je suis un diplomate, pas un tueur.

La bouche de la maquerelle se tordit :

— Un diplomate à la solde des Kurdes? C'est ça?

Le Turc de l'ambassade blêmit.

— Mais... comment oses-tu, espèce de pute!

Yüksel, d'un geste rapide, sortit de sous le bureau un Smith & Wesson chromé, qu'elle tenait caché, et vida consciencieusement le chargeur sur son congénère.

— La pute, elle ose tout, bouffeur de chatte kurde !

Le diplomate répliqua, mais pas avec des mots. La maquerelle se jeta à terre en continuant à arroser ce dernier. L'homme s'écroula, touché au cœur. Je profitai du fait qu'il soit mort et que le chargeur de Yüksel soit vide pour tomber sur la maquerelle et la boxer copieusement. Elle se débattait comme une furie, me griffant au visage, hurlant des insultes en turc. Je lui demandai à nouveau de traduire, ce qui la rendit plus hystérique encore. Et comme elle bougeait vraiment trop, je lui administrai un super swing sous le menton qui la mit K.O. couchée. Ce qui n'était pas très fair-play de la part d'un détective de choc, au demeurant gentleman, mais elle commençait sérieusement à me les hacher menu, la morue. Puis, je la soulevai par les aisselles et l'assis contre l'un des pieds du bureau de Dali, avant de lui scotcher les mains dans le dos. Avec sa tête qui penchait sur sa poitrine et sa langue rose qui sortait de sa bouche de façon grotesque, la vipère avait déjà moins d'allure. Je saisis le téléphone et appelai Faroux sur sa ligne privée.

— Burma ? Vous avez vu l'heure qu'il est, bon sang de bonsoir ?

— J'ai pensé que, si j'omettais de vous appeler maintenant, vous m'en tiendriez rigueur toute votre vie, commissaire. Je peux me tromper, mais je préférais vous affranchir.

— Effraction, prise d'otage et torture chez vous, à l'agence Fiat Lux.com, rien que ça ?

— Si ce n'était que ça...

Je raccrochai aussi vite. Je savais que je n'allais pas y couper, passer la nuit à subir un interrogatoire, tout expliquer dans les moindres détails. Mais surtout, il me tardait de savoir dans quel état était Kardiatou, et cela, avant l'arrivée des poulets avec leurs sales pattes. Je traversai ma chambre à pas de loup – pas gris, merci –, comme s'il pouvait y avoir encore du danger, et m'approchai de la salle d'eau, d'où émanait la seule source de lumière. Saisi par le silence de mort, je m'arrêtai à un mètre de la porte, le palpitant battant la chamade, avec l'angoisse de découvrir ma secrétaire saignée par le rat. Enfin, prenant mon courage à deux mains, c'est-à-dire aujourd'hui bien qu'il fasse encore nuit, je passai la tête à travers le chambranle. Kardiatou, toujours suspendue, toujours nue, ne bougeait plus. Je faillis hurler ma haine, ma rage, ma fureur, mon incommensurable chagrin, sans oublier mon désespoir, quand je vis la mirifique poitrine de ma secrétaire se soulever doucement. Je me précipitai et, avec des gestes précis d'horloger, la décrochai et la portai dans mes bras jusqu'au lit. Le plus délicatement qu'il me soit possible, je décollai le ruban adhésif qui couvrait sa bouche pulpeuse. Et là, elle ouvrit grand les yeux et mit ses bras en croix en murmurant :

— Nestor, prenez-moi.

— *What ?* Kardiatou chérie, voyons, ce n'est pas le moment, pas maintenant. Plus tard, qui sait...

— Nestor, prenez-moi dans vos bras.

Hésitant et maladroit, je m'exécutai dans un état proche de l'Ohio, expression qui m'avait toujours échappé. Je ne m'étais jamais penché sur un atlas pour vérifier le nom de l'État le plus proche de l'Ohio, mais bizarrement à cet instant, cet état m'était familier. Ma secrétaire me serrait très fort dans ses bras, avec énormément d'amour. Ses énormes seins s'écrasaient et roulaient sur ma poitrine.

— Nestor, embrassez-moi.
— Kardiatou chérie, il faut absolument vous ressaisir.
— Nestor, j'ai cru mourir et je ne pensai qu'à vous. À ma mère, et à vous. Embrassez-moi, j'ai eu tellement peur.
— Rien ne me ferait plus plaisir Kardiatou, mais...
— Nestor ! Embrassez-moi, c'est un ordre !

Et elle me planta sa langue entre les gencives. Ça ondulait, ça moussait, c'était l'extase. Et alors que, n'y tenant plus, je m'apprêtai à me parjurer, à tuer à jamais mon fantasme absolu et, par là même, niquer mon plus grand amour, le rideau de fer se mit à tanguer, faisant un barouf de tous les diables. Kardiatou ouvrit grand ses yeux verts et sortit sa langue de ma bouche. Ma secrétaire, comme de nombreuses femmes, savait faire deux choses à la fois, voire trois. Entre tenir sa langue et l'avoir bien pendue, il y avait un espace qu'elle était encore capable d'exploiter :

— C'est quoi ? demanda-t-elle.
— Les flics, je crois.
— La police ? Comment ça ? Mais pourquoi vous ne me l'avez pas dit, Nestor ? Je suis à poil !
— Vous avez juste le temps de vous habiller, je vais les retenir.
— Patron...
— Oui, Kardiatou.
— Je vous aime.

— Moi aussi, chérie, depuis toujours. Grouillez-vous, et pour les fringues, soyez sobre.

Je descendis l'escalier en me reboutonnant du mieux que je pus. Enfin, je ne me faisais pas trop de mouron, la première réflexion de Stéphanie Faroux allait vite remettre les choses en place. Ça continuait de ferrailler rue des Petits-Champs. Je reconnus la voix de la commissaire.

— **B**urma ! Vous allez ouvrir, nom d'un chien ! Mais qu'est-ce qu'il fabrique, l'animal ?

Je lissai ma braguette et appuyai sur le bouton. Le rideau de fer se leva avec son grincement caractéristique.

— C'est pas trop tôt. Qu'est-ce que vous foutiez ?

— Il fallait que je surveille la maquerelle, commissaire.

— Quelle maquerelle ? Une putain ?

— Oui et non. Enfin, la mère maquerelle, celle qui gère les autres péripatéticiennes.

— Pourquoi, elles sont plusieurs ?

— Non, il n'y a que la maquerelle, la survivante. Ils étaient trois.

Je vis passer une curieuse lueur au fond des iris de Stéphanie, avant qu'elle ne grimpe à l'étage avec sa cohorte en uniformes sur les talons. Je soupirai bruyamment. La nuit ne faisait que commencer avec son lot de surprises, dont une de taille.

— Fichtre ! C'est pas possible. Burma ! C'est quoi, ces cadavres ?

Je rejoignis Faroux, l'air penaud.

— Des Turcs. Ils se sont entretués. Du moins, pour être précis, le plus diplomate a flingué le rat. Et la maquerelle, ici présente...

Je laissai ma phrase en suspens.

— Vous l'avez déjà embarquée ?

— Embarquer qui ? s'énerva la commissaire.

— La maquerelle que j'avais scotchée au pied du bureau. C'est elle qui a descendu le diplomate. Elle ne peut pas être loin. Mais cherchez-la, bordel, au lieu de bayer aux corneilles !

Je m'adressai aux flics, dont certains me connaissaient de longue date, comme si j'étais leur chef de brigade.

— Nestor, pour ta gouverne, dans la poulaille, on parle de perdreaux, autrefois d'hirondelles, parfois même, mais c'est plus rare, de corbeaux, mais de corneilles, jamais, me glissa l'inspecteur Molasse.

— Cela ne vous dérange pas, Burma, de donner des ordres à mes hommes ? surenchérit Stéphanie.

— Elle était là quand je vous ai appelée. Elle venait de vider son chargeur dans le buffet du diplomate. Je l'ai assommée et je l'ai attachée. Voyez ce Scotch qui est coupé, on l'a aidée. Il y avait un autre lascar planqué, ce n'est pas possible autrement.

Il me vint à l'esprit que le fameux complice pouvait très bien être Potemkine. Depuis que j'avais flingué le vicelard en costard beurre-frais, le marchand d'armes devait chercher un contact de confiance pour continuer son bizness avec les Loups gris. Yüksel, cupide, cruelle et sans morale comme elle était, offrait les meilleures garanties pour le job.

— Et comment expliquez-vous que vous n'ayez pas vu ce quatrième individu en train de la détacher, Burma ?

Je regardai la boss du Quai des Orfèvres sans la voir.

— Il était lui-même en train de me détacher sous la douche, commissaire.

Kardiatou venait de sortir de la chambre, belle comme la nuit. Personne n'aurait pu imaginer ce qu'elle venait de subir une poignée d'heures auparavant. La flicaille la reluquait comme si c'était Miss Normandie. Sans préciser qu'elle était la fille de Miss Sénégal 1985, je la présentai sobrement :

— Kardiatou, ma secrétaire.

La commissaire Faroux fixait ma salariée avec une moue dubitative :

— Attachée sous la douche, pendant que les Turcs s'entretuent dans le bureau ? De mieux en mieux.

Puis, se tournant vers moi, elle reprit :

— Donc, si je fais une synthèse de la situation, pendant que la maquerelle se faisait la malle, Burma, vous preniez une douche très spéciale en compagnie de votre secrétaire ?

— ...

— Allez, votre silence est suffisamment éloquent, j'en ai assez entendu pour cette nuit. Embarquez-moi tout ce joli monde. Je veux que le légiste se mette tout de suite au travail, ces cadavres ont sûrement plein de choses à nous apprendre.

19

Secrets et chuchotements

Je sortis du 36 quai des Orfèvres au petit matin. La commissaire Faroux l'avait mauvaise, l'ordre de me relâcher venait d'en haut. Marchand m'attendait à l'extérieur. Nous montâmes dans sa voiture de fonction, une C5 noire flambant neuve. En m'installant à la place du passager, je remarquai un macaron tricolore derrière le pare-brise.

— Pourquoi ce traitement de ministre ?

— Parce qu'il y a trop de morts, Nestor. Tu as foutu un merdier sans nom avec ton enquête.

— Des services secrets étrangers transforment mon agence en morgue, ma secrétaire subit une séance de bondage avant d'être grignotée par un rat, on attente à ma vie pour la cinquième fois, et c'est moi qui fous le merdier.

— Tu savais dès le début que tu mettais les pieds sur un terrain miné, un terrain politique où de nombreuses diplomaties divergent au sujet d'un conflit militaire international. Au lieu de faire marche arrière, quand il était encore temps, tu as persisté. Pire, tu as pris parti. Tu es un idéaliste, Nestor. Le PKLF n'est pas que cette vitrine affichée par les journaux bobos occidentaux en mal d'un héros version féminine du commandant Massoud ou de Che Guevara, une organisation composée de jolies et courageuses amazones qui luttent pour leur liberté et la condition des femmes. C'est aussi un groupe militaire qui a des ramifications avec le PKK. Tout comme le parti d'Abdullah Öcalan, le but du PKLF est la création d'un État kurde indépendant aux confins de la Turquie, de l'Irak et de la Syrie. Et, dans cette affaire, même si ça fait mal au cul, l'allié de l'Europe reste la Turquie. Je te rappelle que, depuis 1993, le PKK est reconnu par la France comme une organisation terroriste ainsi que, par extension, les groupes qui y sont affiliés.

J'allumai une cigarette nerveusement.

— On ne fume pas dans ma voiture.

— Ce n'est pas ta bagnole, elle appartient à l'État, payée avec le fric des contribuables, elle m'appartient donc autant qu'à toi. C'est un espace confiné où je n'emmerde personne et, là, j'ai une putain d'envie de fumer, pas de sucer ma vaporette au goût de réglisse. Maintenant, si ça te dérange, tu ouvres ta fenêtre. La clim, on s'en tape, ça bousille la couche d'ozone. Pour revenir à toutes ces considérations à propos du PKLF, ça ne t'empêche pas, quand ça t'arrange, de faire du bizness avec la commandante Malîn Berbang. À la longue, toute cette hypocrisie ne te pose pas des problèmes de conscience ?

Le sumo remua du chef en soupirant comme un phoque, autant énervé par ma cigarette que par mon discours. Il ouvrit un cendrier, au fond duquel était écrasé le reste d'un havane.

— Fais gaffe à ta cendre et épargne-moi le numéro

du naïf humaniste écœuré par le genre humain. Pour l'intérêt de la France, mon service collabore avec les pires crapules que la planète ait engendrées, des princes de pacotille immatures et débiles, des despotes africains sanguinaires et paranoïaques, des dirigeants occidentaux élus démocratiquement et qui, au contact du pouvoir, se transforment en dictateurs. Je ne te parle même pas du club de ceux qui se prennent pour Napoléon. La différence, entre toi et moi, quand nous fricotons avec Malîn, c'est que tu roules uniquement pour ton compte, pas celui du pays. Et sans vouloir être chagrin, si tu es libre ce matin, c'est parce que je pouvais offrir des garanties. Tu étais très, très mal barré, Nestor.

J'attendais la suite. Jamais la DGSE ne m'aurait extirpé de la grande maison s'il n'y avait pas un marché à la clé. À cet instant, une nouvelle tranche de vie de François Béranger me fredonna son générique.

— Allo, Kardiatou ? Ils vous ont déjà relâchée ?

— Oui, ils ont tout de même admis que j'étais finalement une victime, mais après beaucoup de questions. Le médecin m'a prescrit quelques séances chez un psychiatre et en a profité pour me proposer un rendez-vous. Je ne sais pas encore si je vais y aller.

— Au rendez-vous du toubib ou chez le psy ?

— Au rendez-vous du toubib. Le psy, je n'en ai pas besoin, ma tête est très bien faite.

— Il n'y a pas que votre tête, c'est tout le problème. Moi, je vous conseillerais d'aller voir ni l'un ni l'autre et de vous reposer.

— Je crois que je vais suivre votre conseil et prendre ma journée, patron.

— Bien sûr, chérie. Prenez le nombre de jours que vous voulez. Vous avez été formidable.

— Merci, patron. Mais avant, avec tous ces événements, je n'ai pas eu le temps de vous dire que j'avais trouvé quelque chose au sujet du tatouage du vicieux sur la photo.

— Ah, oui ? Parfait, je vous écoute.

— Le tatoueur est un Arménien qui vit à Brooklyn. Il aurait fait un tatouage identique à celui de la photo à un autre homme qui accompagnait le vicieux ce jour-là, et que ce dernier aurait présenté comme son frère. Ce que je vous raconte, ça s'est passé il y a vingt-cinq ans. Et vous savez qui était ce frère ? Vous allez avoir du mal à le croire, patron. Moi-même, j'ai mis un peu de temps avant d'avaler la pilule.

— Il faut pourtant vous y tenir, c'est pas facile de bosser pour un détective avec des chiards à la maison. Envoyez la fable. Je suis tout ouïe, chérie.

— Eh bien, le frère du vicieux qui fait le chien sur la photo, c'est tout bonnement le président actuel de la Turquie.

Je me raidis. Même Marchand sentit à mon attitude que je venais de ferrer du gros.

— Quoi ? Merde, alors...

Un long silence suivit sur la ligne.

— C'est dingue, hein, patron ?

— Vous êtes sûr de votre coup, Kardiatou ?

— Absolument. C'est pour ça que j'ai mis du temps avant de vous en parler, je devais recouper certaines sources. Mais mon contact a confirmé, il s'est déplacé lui-même au salon du tatoueur. Ce dernier archive tout son travail depuis le début de sa carrière. Et surtout, il conserve en photo chaque tatouage avec le nom du client. Il est tellement content que cela puisse porter préjudice à la Turquie qu'il est prêt à témoigner devant un tribunal international. Bon, c'est un Arménien, ceci peut expliquer cela.

— Kardiatou, je ne sais pas ce que je deviendrais sans vous. Si l'on devait se croiser dans une autre vie, je crois que je vous épouserais.

— Avant une hypothétique autre vie, vous savez qu'il y a celle d'aujourd'hui. Mais je sens bien que vous êtes un célibataire endurci. Prenez soin de vous, Nestor.

— Reposez-vous, chérie, et oubliez le rendez-vous du toubib.

Je rangeai mon téléphone, songeur.

— Bonne nouvelle ? demanda Marchand.

— Pas pour tout le monde, mais ça met de l'eau dans mon moulin.

— Moi, le mien, de moulin, il est plutôt à sec ces derniers temps. Et je me disais que tu pourrais m'aider à trouver la source qui permettrait de le relancer.

— Tes métaphores sentent la farine. Tu veux quoi au juste, Yves ?

— Savoir où se planque Yüksel, on a perdu tout contact avec elle.

— Mais je n'en sais strictement rien, je t'assure ! Si la DGSE ne le sait pas, comment veux-tu que, moi, simple détective, je sois au courant ? Tout ce qui est écrit dans ma déposition est vrai.

— Arrête ton char, Nestor. Je t'ai encore sorti de la merde. Tu sais que c'est donnant donnant, ça a toujours marché comme ça, et ça ne peut pas marcher autrement.

Comment expliquer au sumo que je disais vrai ? Son univers était le royaume des mensonges et des apparences. Avec ma nuit blanche chez les condés, je n'avais pas eu une seconde pour gamberger sur la moindre hypothèse. Qui avait intérêt à délivrer Yüksel ? J'avais tout de suite pensé à Potemkine, mais la première désignée pour emballer la maquerelle était Malîn. Bien que la commandante ait eu maintes fois l'occasion de coincer Yüksel et que, bizarrement, elle semble traîner des pieds, comme si elle attendait le bon moment. Le bon moment... c'était ça. Ces trois mots étaient un début d'explication. Je demandai, au débotté, à Marchand :

— Le frère du président turc, il fait quoi au juste ?

L'agent de la DGSE fit une embardée.

— Bordel ! Qu'est-ce que tu sais à ce sujet, Nestor ? Si tu ne me dis rien, je ne peux plus te protéger.

Je lui expliquai l'épisode de la série de photos représentant des dignitaires que j'avais récupérées dans le HLM, à présent en possession de Malîn. Je lui racontai que j'avais demandé à ma secrétaire de scanner les cinq clichés afin de faire des recherches. Pour finir, je confiai à Marchand le contenu de la conversation que je venais d'avoir au téléphone, dans laquelle Kardiatou m'apprenait que l'un des types de la série n'était autre que le frangin du président, d'où ma stupéfaction. Le sumo haussa les épaules.

— Ta secrétaire, armée d'un simple portrait, trouve en

deux jours l'identité du frère du président de la Turquie, alors que la DGSE ignorait son existence même il y a trois semaines encore.

— L'agence Fiat Lux.com cherche et trouve, c'est son credo.

Marchand ne releva pas, je ne l'avais jamais vu aussi préoccupé.

— Nestor, est-ce que Malîn connaît l'identité du frère du président ?

— Forcément, puisqu'il la baisait au boxon !

Tout en balançant cette phrase lapidaire, motivée par le juste dégoût que m'inspirait le frère du dictateur, je réalisai ma connerie. Même si nous savions tous deux que Malîn avait été pensionnaire au bordel, cela ne signifiait pas qu'elle avait croisé automatiquement le salopard qui servait de frère au futur dictateur. Je me basais uniquement sur la photo que j'étais le seul à posséder.

Marchand appuya brusquement sur la pédale d'accélérateur.

— Je me suis mal exprimé. Est-ce que Malîn sait que l'un de ses tortionnaires de l'époque est le frère du président actuel de la Turquie ? Tu le lui as dit ?

J'étais sur le gril et il fallait dorénavant que je fasse extrêmement attention à mes réponses. Sous ses dehors d'homme placide, Marchand m'avait toujours fait penser à M. Arpel dans *Mon oncle*, de Jacques Tati. L'homme de la DGSE restait un homme dangereux.

— Je note que tu as employé le terme de tortionnaire au lieu de client. Je ne sais pas si Malîn est au parfum. Pour ma part, je te répète que je viens d'apprendre l'identité de ce type, tout juste maintenant en ta présence. Comment aurais-je pu raconter quoi que ce soit à Malîn à ce sujet ?

— Le coup de fil de ta secrétaire pouvait être un appel bidon.

— Arrête ta parano, Yves, je t'ai dit tout ce que je savais. Si on jouait cartes sur table ?

La C5 filait rue Oberkampf. Marchand était un bon conducteur malgré sa corpulence.

— D'accord, Nestor, jouons cartes sur table. Le frère du président va être nommé ambassadeur de Turquie à Paris la semaine prochaine.

— Non, c'est pas vrai ! Cette ordure, ambassadeur ?

Je faillis lui hurler qu'il fallait à tout prix empêcher ce fasciste d'accéder à ce poste. Puis, je me surpris à sourire. Marchand était bien le dernier à pouvoir entendre ce genre de discours. Il m'avait déjà catalogué comme humaniste naïf, il était à présent capable de me taxer d'islamo-gauchiste juste pour me faire sortir de mes gonds.

— On va passer aux Tourelles, je te montrerai une série de photos. Échange de bons procédés. Je jetterai ensuite un œil sur ta collection d'estampes kurdes.

Le sumo risquait d'être déçu : là où le collectionneur me proposait un album, je n'avais qu'une photo à lui soumettre, mais quelle photo ! Et tandis que la C5 filait comme un squale sur l'avenue Gambetta, je me ressaisis. Quel intérêt avais-je de confier aux services secrets français de l'extérieur un document qui risquait d'empoisonner sérieusement le pouvoir d'Ankara et que la DGSE s'empresserait de balancer aux oubliettes ? L'intérêt de rester en vie, répondrait Marchand. Sans doute, et ce n'était déjà pas si mal, même si je savais n'avoir rien à craindre de son service. Le danger viendrait plutôt du côté du MIT ; mais, ces derniers sachant que la DGSE possédait cette bombe à retardement, je devenais intouchable. Quant à Malîn, cette photo ne lui servirait qu'à rouvrir des plaies et aiguiser un peu plus sa haine contre les Loups gris. Inutile, donc, de rajouter de l'huile sur le feu, la commandante était déjà au taquet pour se bouffer du Turc. Cela ne m'enchantait pas non plus de suivre le sumo à la caserne. J'aurais préféré un terrain neutre où les murs n'auraient pas de micros, même si j'admettais qu'il fallait un lieu discret pour échanger nos images. L'agence Fiat Lux.com aurait été l'endroit idéal, mais les poulets avaient tendu leur ruban jaune et noir, et la commissaire Faroux m'avait formellement interdit d'y remettre les pieds jusqu'à nouvel ordre. Je répondis à Marchand que c'était d'accord, mais qu'avant, il fallait qu'il me rende un service. Il me regarda avec un curieux rictus.

— Encore ? Je m'attends au pire.

— Pendant la perquisition à l'agence, les flics ont mis la main sur ma planque d'armes. Après le coup que tu viens de lui faire en me libérant, je ne serais pas étonné que Faroux essaie de me coincer pour trafic.

— Pourquoi, il y en a beaucoup ?

— Trois caisses, surtout des armes de guerre. Fusils, pistolets-mitrailleurs, lance-grenades, et de nombreuses armes de poing.

— Quoi ? Mais c'est un véritable arsenal que tu me décris. Ne me dis pas qu'il y a un lien avec Potemkine ?

— Non, c'est un reliquat qui date de l'époque où je trafiquais avec les Corses.

— Mais pourquoi les avoir conservées ?

— Au-delà de la valeur marchande, leur valeur sentimentale n'est pas négligeable. Mais surtout, j'ai toujours pensé qu'en cas de révolution ou si un borgne, voire sa descendance, prenait le pouvoir par la force, ça pourrait servir. Alors, si tu pouvais me récupérer mes caisses, ça m'arrangerait. Je ne te demande pas de les ramener à l'agence, mais de les garder en consigne aux Tourelles le temps que je m'organise. Ça me paraît plus approprié que des armes soient stockées dans une caserne plutôt qu'au dépôt du Quai des Orfèvres où, fatalement, elles disparaîtraient un jour. Ce serait insupportable pour moi, de les retrouver entre les mains d'une bande de dégénérés comme les massacreurs du Bataclan. Tu n'es pas de mon avis ?

Marchand serrait son volant. Son visage devenait rouge de colère à mesure que ses phalanges blanchissaient.

— Tu te fous de ma gueule ou quoi ? Tes flingues sont sous scellés !

Je lui répondis de façon désinvolte :

— Et alors ? Secret Défense. Quand ton service a décidé d'emmerder quelqu'un, même s'il est innocent, vous n'avez pas tous ces scrupules.

— Nestor, tu débloques. Tu nous prêtes des pouvoirs que l'on n'a pas.

— Et moi, je ne prête mes armes à personne. Je te filerai ce que tu veux, et je te prie de croire que c'est du lourd, mais uniquement si je récupère mes caisses. Je ne transigerai pas.

— Burma, putain, tu me les casses.

Une demi-heure plus tard, nous étions dans le bureau du sumo. Je saisis le téléphone que Marchand me tendait.

— Mansour ?

— Oui, patron, je suis au 36, devant un fourgon. Y a des keufs qui chargent vos caisses. Je n'ai pas trop compris le micmac, ils ne répondent à aucune de mes questions.

— C'est normal, secret Défense ! Dorénavant, tu la boucles.

— Merde, je ne savais pas que vous planquiez des ogives nucléaires à l'agence.

— Ferme-la, on est sur écoute, ils sont capables de te croire. À tout à l'heure.

Je raccrochai, satisfait. Sur ce, Marchand remonta ses manches et s'essuya le front à l'aide d'une serviette en papier. Puis, il tourna sur son fauteuil et attrapa un dossier dans une armoire métallique. À l'aide de ses gros doigts, il en sortit une dizaine de clichés argentiques, qu'il disposa sur son bureau de sorte que je puisse les regarder dans le sens de la lecture. J'observai sans un mot les photos aux contours dentelés, floues et mal cadrées, prises par un amateur sans le moindre génie dans un cadre privé et polisson. Sur l'ensemble des photos, le décor était le même. Sur l'une d'elles, je crus reconnaître le salon de la maquerelle avec son style baroque et rococo. Elles représentaient toutes, sans exception, des scènes de sexe, dans lesquelles figurait le frère du président, le plus souvent à poil et en érection, mais jamais en action. Trois des clichés attirèrent particulièrement mon attention : ils montraient une orgie.

Une dizaine de personnes y participaient, six ou sept prostituées pour trois clients, dont le frangin qui... Je me penchai pour mieux voir... C'était bien ça : il se faisait sucer par... Malîn, il n'y avait aucun doute. Les filles étaient très jeunes. Un poussah avec d'immondes bourrelets, qui faisait penser au Bibendum de Michelin en moins sympathique, tenait une cravache. Le troisième larron était l'acteur de seconde zone qui figurait parmi les cinq portraits trouvés dans le HLM. Finalement, pas très folichonne, la collection, à part, peut-être, la scène de fellation. Je levai les yeux vers Marchand, qui surveillait mes réactions.

— Rien de transcendant, tu ne feras pas sauter un gouvernement avec ça. Il y aurait bien la bouffarde, mais c'est trop flou pour être exploité. Si je n'avais pas vu le frangin sur d'autres photos, je ne l'aurais même pas reconnu. Et puis, tu m'excuses, mais ça ne reste que le frère, ce n'est pas le président qui est en situation.

— Détrompe-toi. On ne badine pas avec le sexe dans un pays musulman, surtout avec le retour de l'obscurantisme en Turquie. Ankara a basé son ancrage sur la religion et la famille, un tel scandale peut faire sauter le président. Il ne faut pas s'y tromper : pour la majorité du pays, Istanbul est un îlot de dépravés vendus à l'Occident. Maintenant, je peux voir ce que tu as trouvé ?

— Je n'ai qu'une photo.

La face ronde de Marchand afficha un désappointement certain.

— Qu'est-ce que c'est encore que cette arnaque ? Attention, Nestor, tu n'as pas encore récupéré tes caisses d'armes.

— Je ne t'ai jamais promis un album souvenir. Je n'ai trouvé que deux photos au boxon, celle que je t'ai déjà refilée et une autre qui vaut son pesant de cacahouètes.

— Alors, qu'est-ce que tu attends pour me la montrer ? L'apéro ?

Je sortis le cliché licencieux de ma poche et le posai avec cérémonie devant le patron de la DGSE.

— Les cacahouètes sont servies. Malîn, la levrette, dominée par un jeune loup, pas encore gris. Tu as vu la qualité de la photo ? Là, au moins, on reconnaît le futur ambassadeur. Cela vaut allègrement le voyage retour de mes armes. Et si tu me dis le contraire, alors je me contenterai de la page centrale de *Voici*.

Marchand ne desserrait pas les dents. Fasciné, il tenait le cliché entre ses deux mains.

— Tu as raison, sûr que là on le reconnaît. Ce cliché, c'est de la dynamite. Mais... je ne suis pas certain que ce soit Malîn.

Je ne compris pas l'allusion, où voulait-il en venir ? M'avait-il baladé au sujet des caisses d'armes ? Cherchait-il un faux-fuyant pour ne pas honorer ses engagements ? Ce n'est pas Malîn, alors pas d'armes.

— Oh, le sumo ! Tu crois que tu vas me doubler avec une ficelle aussi grosse dans le cul ? Si ce n'est pas Malîn, c'est qui ?

Le fonctionnaire se rembrunit. Tout comme Kardiatou, il appréciait modérément mes excès de langage.

— La grossièreté ne changera rien à l'affaire. Ce document reste un sérieux élément à charge contre le frère du président. J'ai simplement un doute quant à l'identité de la fille.

Je marquai le coup, bien que perturbé. Marchand n'avait

pas l'attitude d'un type qui essayait de me repasser. Il reconnaissait même que le document était très délicat pour le président en place. Mon téléphone vibra : c'était Mansour. Il m'annonça que les armes étaient arrivées à destination et venaient d'être stockées dans un entrepôt de la caserne des Tourelles. Je n'avais plus qu'à signer un formulaire qui m'attendait au guichet, près du planton. Je lui demandai s'il avait vérifié le contenu des caisses. Il me répondit que le compte y était. Je le remerciai et revins au chef du service. Pourquoi la taupe adoptait-elle cette stratégie ? Quel intérêt y avait-il ? Peut-être Marchand essayait-il de me faire douter afin que je renonce à balancer cette photo à la presse à scandales, si toutefois l'idée m'avait effleuré. Cette précaution était totalement ridicule. Il me connaissait suffisamment pour savoir que jamais je n'accomplirais un geste aussi abject, ne serait-ce que sur le plan éthique. Il était évident que c'était Malîn qui figurait sur ce foutu cliché. Le danger que représentait la commandante, si elle mettait la main sur ce document, était bien réel. Et je concevais que le sumo soit très préoccupé, au point de raconter des salades. Je désignai l'ensemble des photos.

— Et tu vas en faire quoi ? Les détruire ?

Il haussa les épaules.

— Jamais. Ça part aux archives, pour cinquante ans au minimum.

Ma question était idiote. Ce que l'on remisait aujourd'hui au placard, sous prétexte que l'odeur de soufre incommodait un dictateur en place, pouvait servir plus tard de siège éjectable au même despote. Marchand rangea le tout dans une chemise, sans omettre d'y joindre la photo qui représentait la jeune démocratie kurde se faire prendre par-derrière par le futur ambassadeur de cette grande nation humaniste et pluraliste qu'était la Turquie moderne.

Avant de refermer le dossier, l'agent secret me lança :

— Il faut tout de même que tu saches que, si par je ne sais quel tour de magie cette photo venait malgré tout à être publiée, tu serais désigné comme le principal responsable. Je te laisse imaginer comment les Loups gris réagiraient.

Je quittai la caserne des Tourelles pressé comme un citron, avec un goût acide dans la bouche. J'allumai une cigarette avant de descendre l'avenue Gambetta en direction de la mairie du 20e. Après moult tergiversations, je composai le numéro de ma secrétaire.

— Nestor, ça va ? Je me fais du mauvais sang pour vous. Au fait, j'ai envoyé le toubib se faire voir chez les Grecs, comme vous me l'aviez suggéré. Il n'arrête pas de me harceler au téléphone, un vrai malade, il faut qu'il se fasse soigner, ce type.

— Kardiatou, est-ce que, par le plus grand des hasards, vous auriez fait une copie de la photo ?

— Quelle photo, patron ?

— Celle que vous trouviez obscène.

— Ah, la photo où votre copine militaire se prend pour une chienne ?

— Pas une chienne, c'était une pauvre petite qui se faisait prendre de force par un loup. Elle a survécu et grandi et, aujourd'hui, son appétit a dépassé celui de son prédateur.

— Son appétit sexuel, vous voulez dire, patron ? C'est

bien la première fois que vous me mettez dans la confidence concernant l'une de vos conquêtes.

— Un appétit de vengeance, Kardiatou. Vous prenez les choses beaucoup trop à la légère.

— C'est cette légèreté qui me permet de tenir, patron. Vous croyez que c'est de tout repos d'être la secrétaire de Nestor Burma ? J'en connais plus d'une qui aurait démissionné bien avant la séquence de la douche.

Je m'en voulus aussitôt d'avoir été si maladroit. S'il y avait une personne qui ne méritait aucun reproche, c'était bien ma secrétaire.

— Je suis confus et désolé, ce n'était pas dirigé contre vous. Je me sens juste un peu désorienté après une entrevue qui m'a vraiment chiffonné.

— Je ne m'en fais pas pour vous, patron, vous êtes le genre d'homme qui se repasse bien. Maintenant, pour revenir à la photo sur laquelle la commandante Malîn Berbang est violée alors qu'elle était encore mineure, oui, bien sûr que j'en ai fait une copie. Vous ne me l'aviez pas demandé, mais, devant une telle pièce à conviction, j'ai pensé que ça pourrait vous servir un jour. J'ai bien fait, non ?

— Merci, Kardiatou chérie.

20

Un peu de diplomatie

Le retour de la canicule coïncidait avec mon retour dans mes pénates. Les Parigots n'avaient rien demandé, et moi non plus, surtout pas à la commissaire Faroux ; j'avais viré les scellés. L'entreprise de nettoyage très spécialisée *Ta pelle, c'est pas net* avait fait du bon travail. Plus la moindre trace de sang sur le parquet ; le bureau et la salle d'eau avaient été lessivés, les silhouettes tracées à la craie effacées, les rubans de la police scientifique méthodiquement arrachés et jetés à la poubelle de l'histoire des homicides non élucidés. Après le départ des nettoyeurs, seule subsistait une vague odeur d'extrait de lavande. La clim tournait à fond. Je sirotais une vodka noyée dans une poignée de glaçons. Je ressentais un bien-être qui s'invitait à mon insu, m'incitant à reprendre le cours de mon existence, comme si rien n'était arrivé.

Cet état persista jusqu'à ce que j'ouvre *Le Parisien*. Le gros titre en première page du journal me fit bondir : « L'ambassadeur de Turquie kidnappé à l'aéroport de Roissy. » Fébrilement, je lus l'article. Plusieurs témoins avaient assisté à la scène. Une femme élégante, d'une soixantaine d'années, était venue accueillir l'ambassadeur. Ils semblaient se connaître, tout se déroulait le plus normalement qui soit quand, au moment de monter dans la limousine de location, l'ambassadeur se ravisa et héla un taxi. Le chauffeur du tacot dit alors avoir assisté à une vraie scène de film de gangsters. Une femme de type méditerranéen, qui se tenait aux côtés du chauffeur de la limousine, sortit avec un pistolet à la main et obligea l'ambassadeur à monter avec elle à l'arrière du véhicule. Toujours d'après le chauffeur de taxi, la limousine démarra sur les chapeaux de roues, tandis que la femme élégante, restée en carafe, était rejointe par une adolescente à l'air menaçant. Son sac serré près du corps, cette dernière intima à la femme élégante de prendre le volant d'une Clio blanche stationnée aux abords, avant de s'installer à ses côtés. Depuis l'enlèvement, aucune revendication ni la moindre nouvelle du diplomate et de sa collaboratrice. La Turquie était sur les dents, et l'incident diplomatique, en phase de se transformer en crise politique majeure entre la France et la nouvelle dictature d'Ankara. L'enquête avait été confiée à la récente boss du Quai des Orfèvres, la commissaire Faroux, qui, d'après l'auteur de l'article signé NJ, avait l'occasion là de faire ses preuves. Je souris avec satisfaction : mon pote Niki Java avait repris du service sous un semblant d'anonymat. Il couvrait une affaire dans laquelle il était partie prenante et qui devrait rapidement le réhabiliter aux yeux de la profession. Un journaliste qui suivait une enquête en direct de son cercueil, ce n'était pas banal. J'imaginais la tête de Faroux à la lecture de l'article signé NJ. En effet, la mort du préposé à la rubrique des chiens écrasés n'avait pas encore été démentie pour les besoins de l'enquête de police.

Cependant, si j'étais content pour mon ami, je n'attendais rien de bon quant au dénouement de l'affaire. Je saisis la pipe à tête de taureau posée sur le bureau de Dali et bourrai machinalement son foyer avec un tabac hollandais trop sec, qui traînait depuis des mois au fond d'un tiroir. Je fumais rarement la pipe, seulement quand je cherchais une solution à une situation inextricable. Cela m'aidait; c'était irrationnel, mais chacun avait ses petites manies. Cette pipe avait le pouvoir de communiquer avec son génie, qui parfois m'apparaissait à travers sa fumée bleutée, coiffé d'un béret. Plus prosaïquement, cela devait venir du mélange que Mansour avait un jour mixé à même le paquet pour me faire une blague à tabac. En attendant, la situation ne me faisait pas vraiment marrer. Finalement, je reposai la pipe et sortis de l'un des tiroirs de mon bureau une cigarette électronique achetée la veille. Généralement, on essayait d'arrêter de fumer à une période propice. Mais la vie d'un détective privé n'était, à proprement parlé, jamais propice à entamer le moindre sacrifice.

Je portai la vapoteuse à ma bouche et soufflai vers le plafond un épais nuage blanc au goût de rhum arrangé tout en revenant à mes moutons. Si l'avenir de Niki Java se présentait sous les meilleurs auspices, celui de Yüksel la maquerelle et de l'ambassadeur fantoche semblait des plus compromis. Il semblait établi que Malîn avait préparé de longue date leur exécution. Je comprenais à présent pourquoi la commandante avait laissé en vie Yüksel si longtemps, et cela, malgré l'assassinat de son amie Seryal Zera. La maquerelle devait servir d'appât pour coincer le frère du président, qui n'avait pas remis les pieds en France depuis sa participation active à une entreprise criminelle. Son immunité diplomatique le protégeait à présent de toute inculpation et il semblait avoir une confiance absolue en Yüksel. Sans doute avaient-ils fait leur classe ensemble chez les Loups gris, participant à des exactions pour lesquelles on prenait perpète dans une démocratie. Mais pour le malheur des deux prédateurs, le PKLF pratiquait une justice beaucoup plus expéditive. La commandante était en guerre, et les deux crapules étaient accusées de crimes de guerre, d'enlèvements ethniques, de tortures sur mineures et de meurtres ; ils allaient payer le prix fort. J'étais très partagé quant à cette issue. Mon côté inspecteur Harry faisait que je restais totalement froid face à cette vengeance. Je n'étais pas partisan de la loi du talion, mais ces deux salopards étaient allés tellement loin dans l'abjection... Et puis, d'un autre côté, si j'avais la possibilité d'éviter un nouveau massacre, je réagirais dans ce sens. Que ces criminels soient jugés et envoyés derrière les barreaux pour le restant de leurs jours était sans doute la meilleure des options, et elle marquerait beaucoup plus l'opinion. Un grand procès était préférable à une exécution, qui passerait pour un sempiternel règlement de comptes entre factions rivales. Je décrochai le téléphone.

— Commissaire Faroux, bonjour. C'est Burma.

— Vous ne manquez pas d'air, le détective. J'imagine que vous avez écouté les infos.

Stéphanie n'avait toujours pas digéré le coup de pouce de Marchand. Mais je crois que ce qu'elle détestait le plus, c'était mon indépendance.

— Commissaire, si on cessait de se tirer dans les pattes ?
— Pourquoi, vous avez un port d'arme, Burma ? Qu'est-ce que vous voulez ? Si vous m'appelez, c'est que vous avez un truc à me demander. À moins que vous ayez quelque chose à me vendre.

Le ton de la flic avait changé, presque amical, enjoué. C'était mon jour de chance, la commissaire était en demande. Elle nageait et ne devait rien avoir sous la dent au sujet de l'enlèvement. Ce dossier concernait les mœurs, ça puait le proxénétisme et la dope, et ce n'était plus « officiellement » le rayon de la DGSE. Livrée à elle-même, Stéphanie devait se dépatouiller toute seule. Du coup, je devenais un allié potentiel.

— Je n'ai rien à vendre, commissaire. Quand bien même, pour vous, ce serait gratuit. Mais comme vous devez le savoir, il se trouve qu'au cours de mon enquête, j'ai été amené à croiser Malîn Berbang, la chef du PKLF. J'ai eu le temps de cerner la personnalité de la commandante, au point d'avoir quelques idées sur des endroits où, éventuellement, elle retiendrait ses otages.

— Burma... ne me dites pas que vous savez où ils sont ? Parce que, si c'était le cas, sachez que vous me sauveriez la vie.

Une telle franchise de la part de Stéphanie me laissa coi. Cela indiquait clairement sa grande détresse du moment. Elle se reprit aussitôt, consciente qu'elle s'était un peu vite mise à découvert.

— Enfin... c'est une façon de parler. Je veux dire que je serais reconnaissante et qu'à l'avenir, nos rapports pourraient être plus constructifs, à l'image de... ceux que vous entreteniez avec... feu mon père.

Cela avait dû être très dur à formuler pour la commissaire. La flic était à deux doigts de me proposer la botte si cela pouvait l'aider à asseoir son autorité et à s'imposer comme la patronne légitime du Quai des Orfèvres. J'aurais pu jubiler, profiter de la situation, mais je n'en avais aucune envie. Et, par ailleurs, je n'avais rien de concret à lui proposer en retour.

— Ne vous méprenez pas, ce sont juste des suppositions. Je ne sais pas où ils sont retenus. Je pense simplement que ce serait plus positif d'échanger nos informations. Peut-être pourriez-vous me dire pourquoi vous étiez à l'enterrement de Niki Java, par exemple ?

Faroux marqua sa déception, mais ne me congédia pas.

— Comme vous le savez, Niki Java est vivant. Je ne vous apprends rien, puisque cet imbécile préfère privilégier sa carrière, au risque de saboter l'enquête.

Je faillis lui rétorquer que saboter une enquête qui était au point mort n'impliquait pas de trop gros risques. Elle continua :

— J'étais à cet enterrement pour sécuriser la cérémonie. Plusieurs de mes hommes étaient déployés dans le cimetière, la plupart en civils ; d'autres portaient des uniformes de gardiens. Depuis plusieurs semaines, des attentats sont projetés contre des personnalités kurdes à Paris. Nous savions que le cadavre dans le cercueil était celui d'un membre de la secte des Loups gris. Depuis le début du conflit en Syrie, nous sommes sur les traces de plusieurs groupes armés. Il est intolérable que des organisations criminelles, comme le PKLF, se servent du territoire français comme base arrière. Le risque, à court terme, est de se retrouver avec un front larvé, comme celui entretenu par les racailles des cités depuis plusieurs décennies, qui prennent comme prétexte le conflit entre Palestiniens et Israéliens pour déstabiliser le pays.

C'était une thèse comme une autre. Un putain de raccourci aurait dénoncé les islamo-gauchos. Je retenais surtout que le PKLF était taxé d'organisation criminelle, alors que le MIT, via leurs barbouzes affiliés aux Loups gris, se permettait de descendre ses opposants dans l'Hexagone sans être inquiété par les autorités.

— Je ne vous entends plus, Burma. Il y a des vérités qui vous agacent ? Vous m'avez parlé d'échange d'informations, je vous écoute.

— Pas au téléphone, commissaire, vous savez que je suis sur écoute. Je préfèrerais que l'on se voie sur un terrain neutre.

— D'accord, Nestor. Aux *Amis de la police* dans deux heures.

Et elle raccrocha.

Je stationnai la Fiat 500 aux abords de la mairie du 18e et entrai dans le bar en saluant René. Ce dernier me tendit une enveloppe.

— De la part de ta secrétaire, elle est passée hier en fin de journée. Elle m'a dit que l'agence Fiat Lux.com avait été fermée par arrêté préfectoral ?

— Un arrêté très provisoire, annulé par l'arrêté Burma, qui décrète qu'il faut arrêter les arrêtés. Mais tu gardes ça pour toi : j'ai rendez-vous avec la commissaire Stéphanie Faroux.

— Quoi ? La directrice de la PJ, la chef de la poulaille en personne dans mon estaminet ? Tu me gâtes.

— Je n'y suis pour rien, c'est elle qui a choisi ta basse-cour. Je suis près du flipper. Tu me mettras un Bushmills Malt.

— Un quoi ?

— Tu sais, le whiskey irlandais que j'aime bien quand je sens qu'une enquête arrive à son terme.

J'ouvris l'enveloppe. La copie de la photo était de très bonne qualité. Malîn continuait de subir les assauts du loup, peut-être plus pour très longtemps ; j'avais le mauvais pressentiment que la levrette allait changer radicalement de position. L'entrée de la commissaire ne passa pas inaperçue. C'était l'heure de l'apéro et de nombreux fonctionnaires profitaient de la canicule pour entretenir leur soif de dupes. Les conversations cessèrent net sous l'œil amusé de René. Stéphanie commanda un panaché. À peine assise, elle reprit notre conversation là où nous l'avions laissée au téléphone.

— Je vous écoute, Burma. Alors, ces infos...

Je répondis sans forcer la voix :

— Ça vaut ce que ça vaut, mais j'ai pensé au tunnel de la mort.

— Le Tunnel de la Mort, à la Foire du Trône ? Vous plaisantez ?

Je réalisai avec surprise que, si Marchand avait connaissance du tunnel qui amenait de l'ancien bordel au cimetière du Père-Lachaise, Faroux semblait en ignorer jusqu'à l'existence. Un tel manque de coopération entre les services ne cessait de me sidérer. Mais je n'allais pas m'en plaindre, ce fonctionnement opaque me fournissait le meilleur des arguments pour conserver l'avantage face à Stéphanie. Je lui racontai ma découverte du tunnel en compagnie de Kardiatou, sans préciser la présence de cette dernière. La commissaire ne toucha pas à son panaché et se leva. J'avalai le skey cul sec – une hérésie ! –, mais l'abandonner touchait au crime.

Trois minutes plus tard, nous roulions sur les grands boulevards. J'étais assis derrière le volant de ma Fiat, avec la commissaire Faroux à la place du mort, direction le cimetière du Père-Lachaise. Tout en fonçant sur la voie réservée aux bus, j'essayais de me persuader que Malîn retenait l'ambassadeur et la maquerelle dans l'un des appartements de la rue de la Bidassoa. Mon intuition avait fini par me convaincre que la commandante voulait flinguer ses tortionnaires sur le lieu de leurs crimes, une façon d'exorciser à jamais cette période de sa vie. J'imaginais qu'en passant par le caveau, il serait plus aisé pour la police de s'introduire dans l'ancien bordel plutôt que d'investir l'immeuble côté rue. Et, si Malîn avait choisi finalement d'exécuter ses otages dans le tunnel, il suffirait de la cueillir en plaçant des hommes à l'entrée des deux issues pour éviter tout risque de fuite. Enfin, c'est ainsi que j'aurais procédé si j'avais eu la main sur cette opération, n'hésitant pas à exposer mon plan à Stéphanie, qui avait peut-être d'autres options. Pour ma part, mon enquête s'arrêtait là. Au début, j'étais parti bille en tête pour retrouver l'assassin de mon ami journaliste. Mais, dès lors que Niki s'était manifesté, j'aurais dû effectivement jeter l'éponge, Marchand n'avait pas totalement tort. La suite montrait que j'avais été dépassé par les événements. Il ne me restait plus maintenant qu'à lâcher la commissaire au Père-Lachaise et suivre le dénouement de cet enlèvement si peu diplomatique à la radio, dans les journaux, en sirotant, peinard, un rhum pamplemousse tout en reluquant les jambes de ma secrétaire. Mais Faroux n'avait pas lu le même scénario. Alors que je la déposais devant l'entrée principale du cimetière du Père-Lachaise, boulevard de Ménilmontant, elle me lança :

— Qu'est-ce que vous attendez, Burma ? Ne vous inquiétez pas pour votre joujou, je vais faire le nécessaire pour qu'il ne se retrouve pas à la fourrière.

— Mais commissaire, c'est une opération de police, en quoi puis-je vous être utile ? Je vous ai indiqué l'emplacement du caveau, je ne peux rien faire de plus.

— Je suis d'accord avec le plan que vous m'avez exposé pour rejoindre le bordel, il est identique à celui que j'envisageais. Il faut croire que nous sommes sur la même longueur d'onde, pour une fois. Vous avez votre arme sur vous ?

Devant mon hésitation, elle s'énerva.

— Nestor, arrêtez de faire le con ! Vous êtes un bon tireur et je peux avoir besoin de vous. Vous avez un permis de détention d'arme en bonne et due forme, ainsi qu'une licence de détective. En cas de pépin, je vous couvre.

Elle me prenait vraiment pour une truffe. En cas de pépin, j'étais dans le pétrin. Elle connaissait mes talents de tireur pour la bonne raison que nous nous entraînions dans le même stand de tir, dans le commissariat du 5ᵉ arrondissement. Son père m'avait obtenu une dérogation à l'époque. Mais nous n'étions pas aux États-Unis. À Paris, comme sur le reste du territoire, un détective privé était dans l'impossibilité de se faire délivrer un port d'arme dans le cadre de ses fonctions. Un transporteur de fonds, le plus abruti qui soit, était mieux loti que nous. Je me baladais toute l'année avec mon P14-45 Para-Ordnance glissé dans mon holster, mais ce choix faisait de moi un hors-la-loi. J'étais dans l'inégalité la plus totale. Cependant, je l'assumais. Cette démarche était inhérente à ma profession, qui m'amenait parfois à me trouver dans des situations de légitime défense. Mais partir au feu en compagnie d'un escadron de flics, il ne fallait pas trop pousser mémé dans les orties. En cas de bavure, j'étais sûr de plonger. Et avec des loustics du gabarit de Potemkine, le risque était le bain de sang. Ensuite, les bœufs-carottes se régaleraient à me plonger dans le bouillon : ils détestaient les poulets qui picoraient hors des clous, à fortiori sous le commandement d'une poule.

Devant mon mutisme, la commissaire rajouta :

— Je ne vous ennuierai plus jamais avec la moindre garde à vue, et vous pourrez rouvrir l'agence Fiat Lux.com dès demain.

Je n'arrivais pas à déterminer si Stéphanie avait su trouver les mots justes, ou si je participais sciemment à une forme de corruption éhontée. Le résultat fut que je guidai Faroux jusqu'au caveau de la famille Volkan. L'inspecteur Molasse et quelques-uns de ses collègues nous attendaient.

— Molasse, les gars sont en place rue de la Bidassoa ?

— Affirmatif, commissaire. Ploumec, Bordavoine, Rachoud et les meilleurs artificiers du 36 sont en planque à l'extérieur de l'immeuble. Je n'ai pas prévenu le GIGN, comme vous me l'avez demandé.

— Parfait. On y va, Burma.

Et nous descendîmes en file indienne dans les entrailles de la terre. L'odeur de renfermé et de moisissure mêlée à un zeste de remugles d'œuf pourri me ramena illico au tunnel de la mort, que j'avais parcouru en sens inverse en compagnie de Kardiatou. Équipé d'une lourde lampe estampillée « Gendarmerie » – comme quoi, je n'étais pas le seul à détourner le matériel –, j'ouvrais la marche. Je reconnus les vastes galeries, les grilles rouillées et, dans son coin, le lit en fer avec son locataire toujours attaché. Je repensai alors aux anneaux fixés au mur dans l'une des galeries, plus loin. Et il m'apparut que les otages pouvaient s'y trouver attachés, là où Malîn avait dû subir des sévices. Nul doute que la commandante allait les crever à cet endroit même, j'en étais intimement persuadé. La terre battue boirait leur sang et les rats boufferaient leurs restes. Tel un oracle, j'allais confier mes prédictions funestes à Stéphanie afin que l'on se prépare à l'affrontement, quand un hurlement fit écho dans la galerie voûtée. C'était l'inspecteur Molasse.

— Là ! Sur le lit, il y a un mort !

J'observai le squelette.

— Ce n'est pas un mort, inspecteur Molasse, mais un squelette.

— Ne jouez pas sur les mots, Burma, fit Faroux. Ce squelette devrait être là-haut dans un cercueil, pas sur un sommier en train de faire le guignol.

— Je vous en ai parlé, commissaire. C'est une mise en scène, sans doute destinée à effrayer les victimes qui pensaient pouvoir s'échapper. Et ça marche toujours. Si Malîn Berbang n'a pas entendu le cri de l'inspecteur Molasse, c'est qu'elle est sourde comme un pot de chambre. J'espère que votre dispositif rue de la Bidassoa est efficace.

— Vous voulez prendre les commandes, Burma ?

— Je n'ai pas signé pour cette mission, commissaire.

— Bon, on continue. Molasse, je te demanderai à l'avenir un peu plus de sang-froid.

— Je fais ce que je peux, patronne. J'ai passé un concours d'inspecteur de police, pas d'employé des pompes funèbres.

— Il faudra pourtant t'y faire, les officiers de police sont intrinsèquement condamnés à côtoyer la mort.

Et sur cette répartie de haute voltige philosophique, nous reprîmes notre marche en colonne. À présent, j'appréhendais la galerie aux anneaux. Je n'avais finalement rien dit à Stéphanie. Par contre, j'avais sorti le P14-45 Para-Ordnance, que je serrais dans ma main moite.

— Pourquoi vous ralentissez, Burma ? chuchota la flic.

— Je me méfie de la galerie que l'on va traverser maintenant.

— Vous, vous avez une idée derrière la tête.

— Pas que derrière, c'est devant que ça se passe. En fait, je suppute, mais je peux aussi bien me tromper, que les otages sont attachés dans cette galerie. En entendant le cri de goret qu'a poussé Molasse, ils ont peut-être tout éteint et nous attendent dans le noir.

— Vous supputez donc une embuscade, Burma ?

La commissaire fit passer devant moi ses tireurs d'élite et leur donna des instructions qui coulaient de source. Il n'y avait pas trente-six solutions pour entrer dans une salle desservie par un unique boyau. Une minute d'adrénaline plus tard, nous étions tous au centre de la galerie : aucun otage n'était attaché aux anneaux. Nous continuâmes à nous enfoncer dans le tunnel, mais la commissaire Faroux me laissa derrière, comme si j'avais perdu un peu de mon aura. Enfin, les policiers investirent l'immeuble de la rue de la Bidassoa dans un silence de plomb. Ils fouillaient chaque appartement avec la prudence qu'impliquait une telle opération, quand enfin un cri de délivrance résonna.

— Commissaire! Ici!

Ça venait d'en haut, chez la maquerelle. Tous les flics se précipitèrent dans l'escalier, Stéphanie jouant des coudes pour être aux premières loges. Je suivis le mouvement en essayant de ne pas penser, juste de constater. Ça se passait dans la petite chambre du fond, la plus reculée de l'appartement. Les cadavres de l'ex futur ambassadeur de Turquie et de Yüksel la maquerelle, qui finalement n'avait jamais excellé en quoi que ce soit, étaient exposés, nus, sur le sol. Une mise en scène macabre les présentait en train de copuler. J'eus un haut-le-cœur : c'était exactement la même position que pratiquaient Malîn et son tortionnaire sur la photo glissée dans ma poche revolver. La tête bourdonnante, je quittai le boxon.

Assis derrière mon bureau, je tirai sur ma cigarette électronique en fixant la pipe, tête à tête entre le taureau et mes idées noires. À la radio, les infos en continu dégueulaient leurs inepties et leur fiel sur Malîn Berbang et le PKLF, mouvement terroriste présenté comme l'égal de Daesh concernant leurs méthodes et leur cruauté. La sonnerie du téléphone me sortit de ma torpeur ; j'avais l'estomac retourné. Je décrochai avec une réticence certaine, mais peut-être était-ce Kardiatou qui venait aux nouvelles.

— Nestor?

Je mis quelques secondes avant de reconnaître la voix qui était au bout du fil.

— Malîn ?

— Ne dis rien, laisse-moi parler.

— Malîn, je suis sur écoute.

— Aucun problème, ils n'apprendront rien de plus qu'ils ne sachent déjà. Nestor, avant de repartir sur le front, je voulais te donner quelques précisions. À l'époque, quand j'ai été enlevée à ma famille par les Loups gris, je n'étais pas seule. Ils ont aussi emmené ma petite sœur, Gulîn, qui avait deux ans de moins que moi. Elle est morte, assassinée pendant une orgie rue de la Bidassoa. Elle avait quinze ans. Celui qui l'a achevée était le frère du dictateur actuel, sous les yeux de Yüksel la maquerelle. Si j'ai réussi à survivre toutes ces années, c'était uniquement dans le but de venger Gulîn. Potemkine a été une opportunité, il m'a offert la liberté et les armes pour me battre, ainsi qu'une fille qui, à son tour, m'a donné le courage d'accomplir la tâche que je m'étais fixée. J'ai fait ce que j'avais à faire, je me fous du jugement de Dieu et des hommes, mais je ne voulais pas repartir au combat sans que tu connaisses la vérité. Adieu, Nestor.

Je restai longtemps sonné, l'appareil collé à mon oreille, bien après que Malîn ait raccroché. Puis, je composai le numéro de Marchand.

— C'est Burma. Je viens d'entendre les nouvelles. J'imagine que la mort de l'autre crevard et de sa pute ne va pas dans ton sens. Mais il semblerait que c'était tout de même de sacrés salopards.

— Tu veux quoi, Nestor ? Je sais qu'elle vient de tout te balancer au téléphone.

La voix de l'agent de la DGSE était terriblement neutre.

— Je voudrais juste savoir si la fille qui se fait tringler sur la photo que je t'ai refilée ne s'appelait pas Gulîn.
Silence.
— Oui, effectivement. Mais qu'est-ce que ça change, maintenant ?
Je laissai à mon tour un blanc.
— Ça change tout.

Le lendemain, la photo représentant Gulîn en levrette sous la bête était en première page du *Parisien*. Si une partie du corps de la jeune suppliciée était partiellement floutée, on reconnaissait parfaitement le visage du nouvel ambassadeur fraîchement refroidi. Le cliché était accompagné d'un article signé Niki Java, bien torché, riche en détails, dans lequel le journaliste déclinait l'identité des deux protagonistes et expliquait pourquoi Malîn Berbang avait commis ses crimes. Tout comme je le lui avais suggéré, Niki rapportait avec son style propre comment la commandante du PKLF avait répondu par un acte de guerre à un acte politique lâche et innommable, perpétré des années auparavant sur les personnes de jeunes filles mineures, sous le seul prétexte que c'étaient des femmes et qu'elles étaient kurdes. Il n'hésitait pas à citer les Loups gris, les assassinats qu'ils avaient programmés sur le territoire français et européen, ainsi que les ramifications entre la secte fasciste et le MIT, les services secrets turcs. Pour finir, le journaliste mettait en avant la pugnacité de la commissaire Faroux, qui avait mené de main de maître une enquête ayant donné du fil à retordre à tous les services de police concernés, faisant d'elle une vraie chef. Il ne me citait pas, je l'avais exigé ;

ce genre de publicité était du plus mauvais effet pour l'agence Fiat Lux.com. Enfin, avec ce reportage, mon ami Niki Java était bien parti pour entrer en lice afin d'obtenir le prochain Prix Albert-Londres, mais ça, c'était une autre histoire.

REMERCIEMENTS

Nous remercions Monsieur Jacques Malet et sa famille de la confiance qu'ils ont bien voulu nous faire en nous donnant l'autorisation de faire revivre le personnage mythique de Léo Malet :

NESTOR BURMA

A PARAÎTRE
DANS LA MÊME COLLECTION

POLAR

Tous les crimes que vous
n'oserez jamais commettre.

Les Nouvelles Enquêtes de Nestor Burma, Tome 2,
Jérôme Leroy, French Pulp éditions, 2018

Les Enquêtes de Jean de la Fontaine, Tome 1,
Philippe Collas, French Pulp éditions, 2018

Les Gens sérieux ne se marient pas à Vegas,
Serguei Dounovetz, French Pulp éditions, 2018

Noël au chaud, G.-J. Arnaud, French Pulp éditions, 2018

FRENCH PULP ÉDITIONS
NOTRE IDENTITÉ

Qu'est-ce que French Pulp ?

Pulp, comme ces feuilletons d'autrefois, ces romans qui depuis des siècles remplissent notre imaginaire de détectives durs à cuire, de femmes fatales et d'espions nonchalants, de héros familiers. Du roman noir à la saga familiale en passant par le *space opera*, ils ont donné naissance à une littérature dynamique et généreuse, qui fait aujourd'hui le bonheur de tous grâce à des textes fluides et percutants.

French, car il existe une école française de cette littérature. Populaire, addictive, son patrimoine mérite d'être défendu et son avenir renouvelé. C'est la mission que se donne French Pulp, qui publie à la fois des œuvres cultes de la littérature française dite *de gare* (G.-J. Arnaud, André Lay, Francis Ryck...) mais aussi des nouveaux auteurs, uniquement francophones, amenés à renouveler un genre habitué aux succès.

Mais pourquoi un nom en anglais ?

Un nom anglais pour une maison qui défend la langue française, est-ce bien raisonnable ? La meilleure défense n'est-elle pas l'attaque ? Pour défendre notre langue et diffuser nos auteurs à l'étranger, ce nom en forme de clin d'œil annonce la couleur : tremblez, *thriller*, *best-seller* et autres *feel-good book* ! Chez French Pulp, tous nos auteurs ont vocation à être traduits et diffusés dans le monde entier afin de faire rayonner notre culture populaire.

Une maison d'édition engagée

Ces livres que vous lisez debout dans le métro, que vous ne pouvez pas lâcher le soir avant de vous endormir, qui résistent au soleil et à la plage, vous n'êtes pas les seuls à les dévorer : chaque mois, nos nouveautés seront parrainées, à travers un avant-propos, par des personnalités elles aussi subjuguées par le suspens, le merveilleux ou encore la modernité de ces histoires. Et comme chez French Pulp nous croyons dans l'engagement, à cette nouvelle société participative qui s'ouvre à nous, pour chacun des coups de cœur de nos personnalités, une partie des bénéfices tirés de l'ouvrage ira directement à l'association de leur choix.

Direction
Nathalie Carpentier

AUX EDITIONS FRENCH PULP

Collection Les Féroces

Joinovici, L'empire souterrain du chiffonnier milliardaire,
Henry Sergg, French Pulp éditions, 2016
Weidmann, Le tueur aux yeux de velours,
Philippe Randa, French Pulp éditions, 2017
L'affaire Pauline Dubuisson,
Serge Jacquemard, French Pulp éditions, 2017
Mata Hari, La dernière danse de l'espionne, Philippe Collas,
French Pulp éditions, 2017

Collection Grands Romans

Les Conquérantes, Tome 1 : Les Chaînes (1890-1930),
Alain Leblanc, French Pulp éditions, 2016
Nous étions une frontière, Patrick de Friberg,
French Pulp éditions, 2017
Les Brumes de Grandville, Tome 1 : Monotropa Uniflora,
Gwendoline Finaz de Villaine, French Pulp éditions, 2017
Les Brumes de Grandville, Tome 2 : Les Folies de Paris,
Gwendoline Finaz de Villaine, French Pulp éditions, 2017
Les Brumes de Grandville, Tome 3 : Le Seigneur de Venise,
Gwendoline Finaz de Villaine, French Pulp éditions, 2017
Les Conquérantes, Tome 2 : La Résistance (1930-1960),
Alain Leblanc, French Pulp éditions, 2017
Souffles coupés, Nataly Bréda, French Pulp éditions, 2017
Les Années Cristal, Stéphane Nolhart, French Pulp éditions, 2018

AUX EDITIONS FRENCH PULP

Collection Anticipation

Qui suis-je ?, Peter Randa, French Pulp éditions, 2016
La Compagnie des glaces, Tomes 1-2, G.-J. Arnaud, French Pulp éditions, 2016
La Compagnie des glaces, Tomes 3-4, G.-J. Arnaud, French Pulp éditions, 2017
La Compagnie des glaces, Tomes 5-6, G.-J. Arnaud, French Pulp éditions, 2017
La Compagnie des glaces, Tomes 7-8, G.-J. Arnaud, French Pulp éditions, 2017
La Compagnie des glaces, Tomes 9-10, G.-J. Arnaud, French Pulp éditions, 2017
La Compagnie des glaces, Tomes 11-12, G.-J. Arnaud, French Pulp éditions, 2017
Génération Clash (Trilogie Chris le Prez, Tome 1), G.-M. Dumoulin, French Pulp éditions, 2017
Intervention Flash (Trilogie Chris le Prez, Tome 2), G.-M. Dumoulin, French Pulp éditions, 2017
Evolution Crash (Trilogie Chris le Prez, Tome 3), G.-M. Dumoulin, French Pulp éditions, 2017

Collection Espionnage

Drôle de Pistolet, Francis Ryck, French Pulp éditions, 2017
Ashram Drame, Francis Ryck, French Pulp éditions, 2017
Derniers jours à Alep, Guillaume Ramezi, French Pulp éditions, 2018

AUX EDITIONS FRENCH PULP

Collection Polar

Paris va mourir, Francis Ryck, French Pulp éditions, 2016
Le Géant, Michel Lebrun, French Pulp éditions, 2016
Colère Noire, Jacques Saussey, French Pulp éditions, 2017
De Sinistre Mémoire, Jacques Saussey, French Pulp éditions, 2017
Le Gang des honnêtes gens, Pierre Nemours, French Pulp éditions, 2017
Bronx, La petite morgue, Laurent Guillaume, French Pulp éditions, 2017
Une femme de ménage, Jérémy Bouquin, French Pulp éditions, 2017
Le Doulos, Pierre Lesou, French Pulp éditions, 2017
Les Enlisés, André Lay, French Pulp éditions, 2017
La Seine est pleine de revolvers, Jean-Pierre Ferrière, French Pulp éditions, 2017
Privé d'origine, Jérémy Bouquin, French Pulp éditions, 2017
Le Maître des Émotions, Christian Cornu, French Pulp éditions, 2018

AUX EDITIONS FRENCH PULP

Collection Angoisse

Frankenstein, Tomes 1-2 : La Tour de Frankenstein,
Le Pas de Frankenstein, Benoit Becker (Jean-Claude Carrière),
French Pulp éditions, 2017
Frankenstein, Tomes 3-4, La Nuit de Frankenstein,
Le Sceau de Frankenstein, Benoit Becker (Jean-Claude Carrière),
French Pulp éditions, 2017
Frankenstein, Tomes 5-6, Frankenstein rôde,
La Cave de Frankenstein, Benoit Becker (Jean-Claude Carrière),
French Pulp éditions, 2017
Parodie à la mort, Peter Randa, French Pulp éditions, 2017

DU MÊME AUTEUR

ÉDITIONS LE DILETTANTE

Moviola, Le Dilettante, 1994
Odyssée Odessa, réédition, 2012

Signés Chefdeville
L'atelier d'écriture, 2009
Je me voyais déjà..., 2012
L'amour en Super 8, 2016

ÉDITIONS FLEUVE NOIR

La vie est une Marie-salope, série Niki Java, 1998
Odyssée Odessa, 1999
Fleur de bagne, 2000

ÉDITIONS BALZAC

Mata gossos, 2003

LA VIE DU RAIL

Vipères au train, 2004

ÉDITIONS DU ROCHER

Spirit 59, 2006

ÉDITIONS MARE NOSTRUM

Fleur de bagne, réédition, 2007
Born Toulouse forever, série Niki Java, 2008

ÉDITIONS MOISSON ROUGE

Un ange sans elle, 2008

ÉDITIONS BALEINE

Sarko et Vanzetti, Le Poulpe, 2010

ÉDITIONS ALTER BOOKS

Tue chien, 2013

ÉDITIONS SYROS (collection Souris noire)

Plongée en eau trouble, 2003

Série Niki Java

Le Marabout de Barbès, 2005
Les Gothiques du Père-Lachaise, 2008
Le rap de la Butte-aux-Cailles, 2011
Niki Java traque la banque, 2014

RECUEILS DE NOUVELLES

Douze et amères, Fleuve Noir, 1997
Soleil de nuit, Éditions Le ventre et l'œil, 2000
Le doigt sur la détente, Éditions Aumage, 2003, réédition alter books, 2011
La vie est une immense cafétéria, Éditions AAARG !, 2015

ALBUMS

Gino le rhino, Romain Pages Éditions, 2004
L'ange de la retirada, avec Paco Roca, Six pieds sous terre, 2010

Retrouvez French Pulp éditions en ligne :

www.frenchpulpeditions.fr

Et sur les réseaux sociaux :

www.facebook.com/frenchpulpeditions
www.twitter.com/frenchpulp
www.instagram.com/frenchpulpeditions

Cet ouvrage
a été achevé d'imprimer
sur Roto-Page
par l'Imprimerie Floch
à Mayenne
en décembre 2017

N° d'impression : 92020
Dépôt légal : janvier 2018

Imprimé en France